霧の路《みち》

見届け人秋月伊織事件帖【四】

藤原緋沙子

コスミック・時代文庫

この作品は二〇〇九年二月に刊行された『霧の路　見届け人秋月伊織事件帖』（講談社文庫）を底本としています。

目次

第一話　霧の路《みち》

一

透明な陽の光が御成道《おなりみち》に降り注ぐ。風は白く、いずこからか菊の香も漂う行楽日和《びより》の昼下がりだが、古本写本『だるま屋』の吉蔵《きちぞう》は、相変わらず店の前に敷いた筵《むしろ》の上で筆を走らせている。

机にしているのは素麺《そうめん》箱で、それを横倒しにして使っているが、膝元には必ずとっくりに入った酒を欠かさない。

ちびりちびりとその酒を飲みながら、吉蔵はここで世上の風説、柳営の沙汰、はたまた遠国の出来ごとなどをかき集め、丹念にこつこつと記して一日を過ごすのである。

ぎらぎらと太陽が照りつける猛暑であっても、凍りつくような冬の寒さの中であっても頓着《とんちやく》無い。雨や雪に見舞われることが無ければ、風で土埃《つちぼこり》が舞い上がろうとも意に介することなく筵の上に座す。

吉蔵の興味があるのはお記録と酒。ひねもす筆を取り、記録の綴《つづ》りが増えるのが生き甲斐《がい》なのだ。

このお記録を求める人に回覧し、あるいは譲った対価で吉蔵は暮らし向きにも困ることはない。むろん、贅沢《ぜいたく》は出来ぬが、若い頃には御本丸御広敷《おひろしき》の吹けば飛ぶような下級武士だった吉蔵である。食うのがやっとのその頃の暮らしに比べれば、有り難いことこの上ない。

念願のお記録屋になった事も含めて、今の暮らしは望外の幸せなのだ。

しかも、鬢《びん》に白いものが走るようになったこの歳になって古本屋も開店し、その店も田舎から呼び寄せた姪《めい》っこのお藤《ふじ》に任せ、吉蔵は好きなお記録に没頭するのであった。

——さて……。

吉蔵は、くいっと酒で喉を潤すと、たっぷりと筆に墨を含め、先ほど届いた書状を開き、

『飼馬に陰茎を食切られ候《そうろう》珍事……』

と、お記録帳にまず風聞の題を書き留めた。

お記録も下世話な話になると筆は走る。

「武州《ぶしゆう》豊嶋《としま》郡下練馬村百姓孫四郎《まごしろう》（二十七歳）は、酒酔い、馬を牽《ひ》き、牛込水道町豆腐屋幸助《こうすけ》宅へ罷《まか》り越し、から（しぼりかす）買い請け度《た》き旨申し聞け候間、之無き由相断り候へば、間もなく馬牽き出し候節、酔いおり候に付き手綱《たづな》にて馬打ち彼是《かれこれ》騒ぎ、その節下帯外れ、その上手綱同人足へ巻き付き候間、馬の口の下へ仰向けに倒れ、陰茎出《い》で候処、右の馬、陰茎へ喰い付き、一振りに根より毛四五本付け喰い切り……」

だが吉蔵は、そこまで書き進めると、

「くっくっ……」

こらえきれずに忍び笑いを漏らしたが、はっと顔を上げて辺りを見渡した。

通りには忙しく行き交《か》う人が通り過ぎるが、誰も吉蔵の手元を見ている者はいない。

吉蔵は、ほっとして視線を日記に戻してから筆を置いた。

記しているのは、さる代官所の手代《てだい》から仕入れた珍事件の記録である。

酔っぱらって馬の手綱をとっていた百姓の孫四郎という男は、ひょんな事から馬に陰茎を食いちぎられた。

血が夥《おびただ》しく出たが、孫四郎は気丈にも幸助方でつけ薬などで手当をし、幸助から紙に包んで渡された陰茎を、路上にうち捨てて帰宅する。

ところがまもなくこれを拾った者が自身番所に届け出た事で、大騒ぎとなり、持ち主捜しとなるが、同心が話をたどりたどっていくうちに、やがてその者は孫四郎と判明する。

吹き出すも哀れなるこの話のオチはというと、孫四郎の女房が涙ながらに陰茎をとくと改め見て、

「夫の陰茎に相違之無く」

涙ながらにその品を小風呂敷に包み、床の間にうやうやしく上げ置いたというのである。

話が話だけに、吉蔵には人目をはばかる気持がちくりと動いたのである。

男にとってはたわいもない笑い話だが、姪のお藤にみつかれば、

「おじさま、よりにもよって、そんな話を記すために、そこにお座りなんですか……」

などと大騒ぎするに決まっている。

——婿でも迎えてやれば少し変わるかもしれぬが……それもいつのことやら……。

吉蔵は、大きくため息をつくと、膝元からとっくりを取り上げて、素麺箱の上で空になっている茶碗に酒を注いだ。

と、その碗が横手からすいと取り上げられた。

「土屋《つちや》様……」

見上げた吉蔵が、しわい声をあげた。

土屋とは、吉蔵が情報の見届けを依頼している浪人土屋弦之助《げんのすけ》の事である。

見届けとは、入手した情報が正しいのか否か、あるいはさらに見落としている事はないかなど詳しく調べる事を言い、別の言い方では下座見《げざみ》ともいう。

吉蔵は、見届けの仕事を、この弦之助の他にも長吉《ちょうきち》という岡っ引あがりの男と、御目付秋月隼人正《あきづきはやとのしょう》忠朗《ただあきら》の実弟伊織《いおり》にも頼んでいる。

伊織は吉蔵がもっとも頼りとしているお人だが、目の前の弦之助は吉蔵と同じく酒にいやしくて困る。

その弦之助は、吉蔵の酒をぐびと呑《の》み干し、

「ふう、一息ついたぞ」

口をぬぐうと、日焼けした顔に笑みを見せた。

「ところで、見届けの方はいかがでございましたかな、土屋様」

吉蔵は空になった茶碗をちらと見て言った。その顔にはありありと酒を横取りされた恨めしさが窺《うかが》える。

「それがな、吉蔵。ネタはガセだったぞ」

弦之助は、吉蔵の側《そば》に腰を落として苦い顔で言った。

「ガセ……」

「そうだ。せっかく三島《みしま》まで行ったのに……吉蔵、俺の見たところでは、奴は不知火《しらぬい》の鮫蔵《さめぞう》なんかじゃないな。ただのばくち打ちだ。この話を持ってきたのは誰だ」

弦之助は、口をへの字に曲げて、不満そうに吉蔵の顔を見た。

このたびの見届けは、一昨年《おととし》御府内を荒らした盗賊の頭《かしら》、不知火の鮫蔵が三島の宿にいるらしいという情報が舞いこんだのが発端だった。

吉蔵は、鮫蔵が再び御府内を狙っているに違いないなどと勘を働かせ、それで三島にいるその男の動向を見てきてほしいと弦之助に頼んだのである。

しかし、それが骨折り損だったと弦之助は言うのであった。

「むろん実見したのでございますね、土屋様」

吉蔵は念を押した。読みが外れていたぞと言われても、聞き返さずにはいられなかった。

「当たり前だ。鼻の上に黒子《ほくろ》のある男だろ。三島の鳥居前にある旅籠《はたご》の、『桑名《くわな》屋《や》』に長逗留《ながとうりゅう》している男と言ったな」

「はい、私がさるお人から聞いたのは、そのようでした」

「間違いない、その男だ。だがな、奴は五兵衛《ごへえ》と名乗っておったが、桑名屋の後家の紐《ひも》だな、あれは……女将《おかみ》に取り入って毎晩賭場に通って暮らしている自堕落な男だ。あんなしまりのない男が盗賊の頭であるものか」

「さようですか……」

吉蔵は大きなため息をついた。

「不満そうだな吉蔵」

「いえ、そういう訳ではございませんが……」

「俺の言う事が信用出来ないのなら、伊織でもいい、長吉でもいい、もう一度見届けに行って貰うのだな」

「いえいえ、土屋様の目に狂いはございませんでしょう。ご苦労様でございました」

「ふむ……ところで二人はどうしておる」

「はい。伊織様はお屋敷から使いが参りましてお出かけになりました。長吉さんは、上野で斬《き》り合いがあったとかで、そちらに行っていただきました」

と言っている所に、店の中から紫の頭巾をかぶった武家の妻女がお藤に見送られて出てきた。

「それでは……」

武家の妻女はお藤に頭を下げると、そそくさと帰って行く。その胸には風呂敷包みがしっかりと抱えられていた。

その妻女をちらりと見た弦之助は、

「やっ、やや……」

一拍おいてから、思い出したようにすっとんきょうな声を出した。

「気がつかれましたか土屋様。あのお方は、土屋様と同じ長屋にお住まいのようですね。多加《たか》様の紹介で写本の仕事を求めていらしたのですよ」

妻女を見送ったお藤が言った。

「何、多加の紹介だと……」

弦之助は驚いた声を上げた。

多加とは弦之助の妻女のことだ。

「はい。お名は佐竹綾《さたけあや》様と申されるとか。長屋には引っ越してきてまだひと月あまりだそうですね」

「それで仕事は頼んだのか」

「はい。早速お願いいたしました」

「ふーむ、あの妻女、何か申しておったのか」

興味津々の弦之助である。

「何かって……」

「亭主は何をしているとか、国はどこだとか」

「いいえ、訳ありのようでしたが、踏み込んで聞くことはよしました。多加様のご紹介ですから、いらぬ心配は無用かと存じまして」

「何か気になる事でもあるのですか」

吉蔵が横から話をとって弦之助に聞いた。

「うむ。亭主が長屋に帰ってくるのは三日か四日に一度だ。一目して剣客だが、常に警戒している風情でな。多加が聞いてきた話では、どこかの用心棒をしているというのだが、どうも俺にはうさん臭く見えるのだ。つまり、詮索《せんさく》されたくない何かがあるのだ、あの亭主には……」

「ご浪人ですから事情はあるでしょう。しかし、だからといって、お内儀《ないぎ》の望みを断る理由にはなりませんよ、土屋様」

「それはそうだが、多加もお人好しで困る」

弦之助はぶつぶつ言いながら、御成道を遠ざかる綾という浪人の妻女の、形の良い腰を見送った。


「兄上は元気ですか」

秋月伊織は寺の住職があれこれ四方山話《よもやまばなし》をして引き下がると、冷えた茶を喫《きっ》してから、嫂《あによめ》の華江《はなえ》に聞いた。

二人は母の墓参りをしてきたところである。

誘ってくれたのは華江だった。長屋に使いを寄越してくれたのである。

「相変わらずご多忙にお過ごしですよ」

華江は言った。

「今日もこちらに参る予定だったのですが、にわかに何か急用が出来たとか申されまして、お城にお出かけになったのですよ」

笑みを湛《たた》えて伊織を見た。その背後の庭には、ただ一本、色づき始めた紅葉《もみじ》の低木が、時折風に枝を揺らしている。

――そういえば……。

華江が座っているその場所で、かつて母が座って茶を喫していたことを思い出した。

あれは父の命日だったと伊織は記憶しているが、母は少し太り気味の体にゆったりと扇子で風を送り、

「泉下のお父上様にもお願いしておきましたよ、あなたのこと……」

そう言って笑みを送ってきた。その瞳には次男の行く末を案じる母の心が垣間《かいま》見《み》えた。

華江も今、あの時の母と同じような目を伊織に注いでいるのである。

しかし華江はまだ若い。伊織より十近く年上だが、華のある麗しい姿である。華江の体はまだ娘の名残《なごり》を止めていた。しかしそれも子に恵まれないからだと思えば気の毒だった。

「伊織殿」

華江は冷えた茶を膝前に戻すと、

「一度お屋敷にお帰りなさい。あなたのこの先のことも含めて、いろいろお話ししなければなりませんから」

伊織の目を捉えて言った。

伊織が秋月家を出て半年になる。嫂の華江には心配をかけているのは間違いないが、

「有り難いのですが、見届け人をやっているうちは、兄上のお役目に差し障りがあってはなりませぬゆえ……」

「でも、このままでいいという訳には参りませんよ、伊織殿。兄上様の気持ちも察してお上げなさい」

「兄上が何か申しているのですか……そうか、養子の口でも見つかったのですか」

伊織は笑った。少しその笑いが自嘲《じちょう》ぎみに聞こえたのか、華江は叱《しか》るような目になって、

「冗談をおっしゃるのはおやめなさい。あなたには申しておりませんが、養子の口はこれまでにいくつもあったのですよ」

華江は意外な言葉を告げた。

怪訝《けげん》な目で見返した伊織に、

「だってあなたは御目付様の弟御ですからね、それに剣にも秀でている。引く手あまたですよ」

「姉上……」

伊織は苦笑した。華江に褒《ほ》められて面映《おもは》ゆかった。

しかし華江は、頓着なくほほほと笑って、

「いいじゃありませんか。わたくしとあなたの間の話ですから……それに、本当のことですから」

「しかし、ほめすぎです」

「そんな事があるものですか。あなたには少々ひやりとさせられる事もございますが、それもご愛敬……そうでしょう」

尋ねるような目で笑った。だがすぐに真顔を作ると、

「伊織殿、旦那様は持ってきた縁談をあなたにお話しせずに断ってきたのですよ。それはね、秋月家と、あなたの将来をよく考えて決めたいと思われたからなんです。なぜそうなさったのか、この先どうなさるのか。いろんな事も含めて、伊織

殿、一度兄弟が話し合っておかなくてはなりません。お母上様もきっとご心配なさっておられますから」

反論の余地もない口調で言い、

「いいですね、近いうちに……」

寺の門前に待たせていた駕籠《かご》に乗り込む時にも、華江は念を押した。

「承知しました」

伊織は華江の心遣いに頷《うなず》いて見送った。

冗談めかして養子の話を口に出して笑ってみせたが、いずれ兄の忠朗からそういう話も出てくるだろうと考えていた。

――いずこの家でも次男の身の振り方には腐心する、ただ……。

伊織の心には、急にぬぐいきれない重たいものが広がっていた。

華江の乗った駕籠が寺の塀を曲がるのを見届けてから、その屈託を振り切るように一方に踏み出した。

と、伊織の前に女がひょいと現れた。

「旦那、あたしの願いを聞いてはもらえませんか」

からっころっと下駄の音をさせて近づいて来るぞんざいな歩き方は、水商売の女を思わせたが、見たこともない顔だった。女は丸顔で色白だった。唇がぽってりとして色っぽい。

「誰だね、おまえは……俺を知っているのか」

記憶を呼びもどそうとして、まじまじと女を見て伊織は言った。

「知ってるって程じゃないけど、三日前の夜、両国西詰《にしづめ》で悪い男たちをやっつけたのを見ていたのさ」

「何……」

伊織は驚いた。

あれは、人影の絶えた時刻だった。

霧の雨が降っていた。それに風が少しあった。

橋付近の商家の軒に点《とも》る灯がこぼれ、その光が霧の降る様を映し出していたのだが、まるで白くて薄く透き通った絹布でもゆっくり流しているように見える、そんな幻想的な夜だった。

伊織が霧雨に濡《ぬ》れながら、その風情を楽しむように橋袂《たもと》まで来た時だった。

数人の覆面の武士たちに囲まれた一人の若い町人を見た。

いや、町人の形《なり》はしていたが、その男も武士だった。

覆面の男たちと対峙《たいじ》する姿に、相当剣術を積んだと思えるものが窺えた。

だが、男は無腰だった。

しかも相手の覆面たちは、太刀《たち》の構えからして忍びの者だと伊織は察した。

双方ともに無言で睨《にら》み合っていた。

——いったいこの者たちは何者……。

詮索する間もなく、覆面の男たちが次々と町人姿の男に襲いかかった。僅かな時間差を置いての鋭い攻撃だった。

町人姿の男は、この時、野獣が咆哮《ほうこう》するような声を上げ、次々とその攻撃を躱《かわ》していたが、

——いかん。

一瞬の隙を突かれて肩口を斬られた。

「無腰の男だぞ。卑怯《ひきょう》な真似はよせ！」

伊織は、走っていって町人姿の男を庇《かば》って立った。

覆面の男たちは物言わず、今度は伊織に襲いかかってきた。

一閃《せん》、二閃、伊織の刃は霧雨を斬り裂いた、と同時に覆面の男の一人の腕を斬った。

「ちっ……」

覆面の一味は霧雨の向こうから白い目を剝《む》いて睨んだ後、あっという間に西袂の町並みに消えて行った。

ところが、後ろを振り返ってみると町人の男も消えていた。

不可解な斬り合いに荷担した釈然としないひとときだったが、

――誰もいないと思ったあの場所に女がいて、あの斬り合いを見ていたとは……。

伊織は女をひたと見た。

「あたしはおひろという者だけど、旦那に用心棒を頼めないかと思ってさ」

「用心棒だと」

「だって旦那は、さっきまであの奥方様の用心棒してたんでしょ」

「尾《つ》けていたのか」

「旦那を神田の河岸で見かけてさ……そしたら旦那は、立派な奥方様の駕籠につき添ってこのお寺にやって来た……それであたしは旦那の出て来るのを待ってたんですよ」

「せっかくだが俺は用心棒はやってはおらぬ」

「あたしのような貧乏人の女の頼みは聞けないってことだね」

おひろは、やけっぱちな言い方をした。

「そうではない。他所《よそ》に頼むんだな」

「旦那じゃなきゃ駄目なんですよ」

「俺はこれでも忙しいのだ」

「だったら手の空《す》いた時だけでもいいんですよ。旦那の腕でなきゃ、あの人の命は守れないんだから」

「あの人の命だと……」

「ええ、旦那があの晩、橋の袂で救ってくれたあの人ですよ、助けて欲しいのは……」

「何……」

伊織は、驚愕《きょうがく》しておひろを見た。

「すると、あの晩襲われていた男とあんたは……」

「恩人なんです、あのお人は……あたしの命にかえても守ってあげなきゃいけないお人なんです、旦那……だからお願い、この通りです」

おひろは手を合わせた。

二

「伊織様、よろしかったら召し上がって下さい」

おときは、手作りの品を盆に載せて運んで来ると、向かい合って座っている伊織とおひろの前に置いた。

おひろの話を聞くために、伊織は柳橋《やなぎばし》南袂の『らくらく亭』の二階におひろを連れてきたのだ。

らくらく亭は、見届け人長吉の女房おときがやっている店で、伊織は長屋暮らしをするようになってからよく立ち寄っていた。

おときは愛想がいいし料理もうまい。大いに助かっているのだが、気遣いが良すぎてお茶だけで良いと言ったのに、お茶とは別に、酒と珍しい肴《さかな》を運んできた。

「鮎《あゆ》ではないか……」

伊織が物珍しそうな声を上げると、

「ええ、土蔵焼きですよ、うちの亭主も大好きでしてね」

おときはくいっと襟《えり》を合わせながら胸を張り、

「伊織様が顔をお出し下さればいいのにと思っていたところでした。これを食べていただきたくってね」

おひろにちらりと視線を流してから微笑《ほほえ》んだ。

土蔵焼きとは、背開きにしてわたを取り、そこに山椒《さんしょう》味噌を詰めて焼いたものである。

「珍しいな、この時節に鮎が食べられるとは」

「下り梁《やな》でとったものですよ」

「ほう……」

鮎は頭と尻尾をぴんともたげるように焼かれている。その腹からは焼けた味噌の香ばしい匂《にお》いが立ち上っているように思えた。

「そちら様もどうぞ……」

おときはおひろにも勧めた。おひろはじっと鮎を見詰めている。

「おきらいですか、鮎?」

おときが聞いた。すると、

「いいえ」

今夢から覚めたような目を上げておひろは言った。

「こんな美味しそうな鮎、食べたことがありません」

「あら、それじゃあ丁度良かった……」

おときはおひろに笑みを送ると、今度は伊織に、

「知り合いから分けてもらったものですから、今日を限りのお料理ですからね。そうだ、一夜漬けのお大根も……」

おときは思い出したように手を打った。

「おとき、じゃあもらおう。この人と話をすませた後でな」

「わかりました。じゃ、こちらもその時、新しいのをお持ちします。あたたかいものを食べて頂きたいですからね」

おときはそう言うと、酒だけ置いて鮎は盆にのせて階下に下りた。

「ここは気遣いのいらぬ店だ。話を聞こうか」

伊織は、茶を引き寄せて一服すると、おひろに言った。

「はい……」

おひろは小さく頷いて伊織を見た。

この店に来るまでに、おひろは自分は両国《りょうごく》東詰の小料理屋『松屋《まつや》』に仲居として働いている者だが、あの人を今私の長屋でかくまっているのだと告げた。そし

てあの人は外に出ればあの晩のようにまた何者かに命を狙われる。だからどうかあの人の命を守ってやってくれないかと、おひろは伊織に食い下ったのだった。

伊織は見届け人として吉蔵を手伝っている。おひろの手助けになれるかどうかわからなかったが、一通りの話を聞いてみる気になった。それほどおひろの顔には切迫したものが見受けられたからだ。

「まず、名前から聞こう、あの男の名だ」

「はい」

おひろは素直に頷くと、姿勢を正してから言った。

「あの人の名は関谷《せきや》さま、関谷晋平《しんぺい》様とおっしゃいます」

「関谷、晋平……」

「はい」

「で、何者だ？　……なぜあのような者たちに狙《ねら》われている……」

「なぜかは存じません。でも、何者かに追われてあたしの所に隠れているのは間違いありません」

「お前には何も詳しいことは話してないってことだな」

「関谷様はあたしを巻き添えにはしたくないっておっしゃって……」

「ふむ。その関谷がお前の恩人だというのはどういう訳だ」

「あたしを身請けしてくれたんですよ、あの人」

「何……するとあんたは」

「ついこの間まで深川《ふかがわ》の岡場所で春を売ってました。そこへ半年前、酔っぱらってやってきたのがあの人だったんです」

おひろは、ぽっと頬《ほお》を染めた。

女郎をしていたとは思えないような恥じらいを浮かべ、おひろは語った。

そして、関谷はその時、部屋に入って来るなり、おひろを乱暴に押し倒した。

「あれ、旦那、乱暴はよしてくださいまし」

おひろは軽くいなしてみたが、侍はまるで獣が餌《えさ》をむさぼるようにおひろを抱いた。

――やぼな奴、浅葱《あさぎ》裏《うら》……。

おひろは体を任せながら心の中で毒づいた。浅葱裏とは江戸勤番の侍たちのやぼを茶化した言葉である。おひろは時が過ぎ、侍が早々に帰って行くのを待っていた。

ところが、男はむさぼりつくすような半刻が終わると、

「すまねがった……」

起き上がって襟を整えているおひろに、なまりのある言葉できまり悪そうに頭を下げた。

「いいんですよ、慣れてますから」

おひろは苦笑した。

だがその時、おひろは男が見せた思いがけない一面に男への嫌悪感が薄らいでいくのを感じていた。

実際、もっとひどい扱いをする客はいくらでもいる。しかし、その男たちが謝るなどという事は一度もなかったのだ。

女郎は金で買う商品である。自分の欲望さえ満たされれば、嫌なものから逃げ出すように帰って行く男だっていた。

そんな者たちに比べれば自分の粗暴を恥じているような目の前の男に、おひろは新鮮なものを覚えていた。

男はその後関谷と名乗り、外から膳《ぜん》を取り、おひろと食し、国の名は明かさなかったが、江戸に出てくるまで暮らした東北の話を懐かしそうにしたのであった。

「事情があってこの江戸さ出て来たども、向こうは人の情のあづいとこだ」

しみじみとした表情でおひろを見る。

——このお侍は、悪い人ではない……。

おひろは直感したが、やはりその直感通り侍はたびたびやって来るようになった。

やって来ると二人して寝そべって、子供の頃の楽しかった思い出話をして過ごした。

やがておひろも関谷の純朴さにほだされて、女郎に売られてくるまでの話をしたのである。

「あたしはね旦那……」

おひろはそこまで話すと、じっと耳を傾けている伊織を改めて見て、

「五歳の頃に両親に置き去りにされた子供だったんですよ」

苦笑いを浮かべて言った。

「…………」

伊織が黙って頷くと、おひろは続けた。

「あたしを引き取ってくれた伯母に後から両親の話を聞いたんだけど、借金で首が回らなくなって逃げたんだって……それでおっかさんの兄さんに当たる、ええ、

伯父の家で育ててもらったんですけどね、その伯父があたしが十七になった時に死んじまってね、そしたらいきなりあたしは邪魔者さね」

「…………」

「おまけに伯母は、昔あたしの両親に金を無心されて迷惑したのなんのと言い出して……伯父が生きていた時にはそんな話は一度もしなかったのに……ああ、伯母はあたしをこの家から追い出したいんだってあたし、察したんですよ。そしたら、いきなり女郎宿に話がついてるがどうかって言い出して……めんどくさいからあたし二つ返事で売られてやったって訳なんですよ」

「売られてやった……か」

「そう」

「苦労したんだな」

「いやだ旦那、関谷様みたいなことおっしゃって……」

おひろはくすりと笑ったのち、

「そういう話をしたものだから、あの人、有り金をはたいて私を身請けしてくれたんですよ」

「ふむ……」

「それがただのお金じゃなかった、あの人が他国に逃げて行くための大事なお金だったんですよ」

「何……逃げるための金……あの男がそう言ったのか？」

「はっきりとそう言った訳じゃあないんですが……でも、私にはわかるんです。ですからあたし、お金を貯めてあの人に渡してあげたいんです。でも今すぐそんなお金は手に入らない、せめてひと月旦那にあの人を守ってもらえれば多少のお金は出来る……お店の女将さんに頼んで駄目なら、贔屓《ひいき》にしてくれる大店《おおだな》の旦那に頼んでみようかと考えているんです」

「ひと月か……」

「はい。ただし、旦那……あの人に知られないようにお願いしたいのです」

「何……」

「だって関谷様は、きっと嫌がると思うんです。あたしの所から出て行くかもしれない」

「難しい話だな、それは」

「……………」

「本人も了解していて、他出の折だけ用心棒をやってくれというのならなんとかなるが、そういう事情なら四六時中家の表で見張っていなければならぬ。それも本人に気づかれぬようにな。おまえが言うような簡単なことではない」

「駄目ですか」

「無理だな。おひろ、本人の了解を貰ってきなさい。さすれば力になれるやもしれぬ」

「………」

おひろは行き場を失ったように肩を落とした。

おひろの気持ちは良くわかる。しかし、あの夜、自分を助けてくれた伊織に礼も述べずに消えた男だ。

そんな男が容易に事の次第を告白し、その上で伊織に警護を頼むとは思えなかった。おひろはしばらく黙って考えていたが、弱々しく頭を下げると立ち上った。

「待って」

伊織はおひろを呼びとめると、おときを呼び、話のあとで食べるはずだった鮎の土蔵焼きを持ってこさせ、おひろの分だけでなく自分の分も紙に包んでおひろの手に握らせた。

――相手の命にも俺の命にも関わることだ。事情もわからず引き受けることは出来ぬ。

男の背景にただならぬ事情があるのを察した伊織は、だからこそ軽々に引き受けられる仕事ではないと考えたのだ。

落胆してよろめくように帰っていくおひろを見送ってから伊織はだるま屋に向かった。

吉蔵から夕刻立ち寄るように連絡を受けていた。

「これは伊織様……」

吉蔵は、夕闇に包まれ始めた店の前でまだ筆を走らせていたが、伊織の姿を認めると筆を止め、

「土屋様はいらしております。私もぼちぼち仕舞いますので、茶の間に上がって一杯やっていて下さいませ」

そう言うと、また紙に向かった。

伊織が茶の間に上がると、お藤が心づくしの膳がしつらえてあった。

早速弦之助が、伊織に盃《さかずき》を差し出した。

「親父さんを待っていたらいつになるかわからんからな」

「うむ」

伊織は盃を取り上げた。

だが、吉蔵は意外に早くお記録の店を仕舞って茶の間に入って来たのである。

上野に出向いていたという長吉も一緒だった。

吉蔵は難しい顔で座ると、

「伊織様、土屋様、今度の見届けは少々危険を伴うかもしれません。よろしいですかな」

威儀を正して鋭い目で、伊織と弦之助を見た。

「今更何を言っているのだ。どんな見届けだ、話してみろ」

弦之助は、ぐいと酒を呑み干して言った。

「実は今度の見届けは、御公儀に対しても一考を問いかける、つまり、ひとつ間違えば御政道にもの申す、そんな事件の見届けでございまして」

「おもしろい……まさか今時忠臣蔵《ちゅうしんぐら》でもあるまいに」

弦之助は大口を開けて笑った。

「そのまさかでございますよ、土屋様」

「な、なんだと……どこにそんな話が転がってるんだ?」

弦之助は目を剝いた。

「吉蔵、ひょっとして、陸奥《むつ》の国の話ではないか」

伊織が思い出したように言った。

吉蔵は神妙な顔で頷いた。

「そうか、広岡《ひろおか》藩主襲撃未遂事件の見届けか……」

伊織は呟《つぶや》いた。

広岡藩主襲撃事件というのは、一昨年四月のこと、参勤下向道中の広岡藩の行列を、元盛《もり》山《やま》藩郷士十数名が襲ったという事件であった。

もともとこの二つの藩は本家と分家の間柄で、ともに陸奥国では隣藩である。ところが互いに対立反目しあって今日まできていて、不穏な関係にあった事は知られていた。

襲撃に加わった盛山藩の者たちの中には、直前まで郷士で給人《きゅうにん》だった者もいたらしいが、ひと月ほど前に脱藩して決行したらしく、その根の深さを思い知らされることとなった。

襲撃場所は秋田藩領の白沢《しらさわ》宿の外れだった。

この宿を経由して広岡藩主が国に入ることは公然としていた事から、襲撃隊は周到な準備ののち、宿外れの峠に潜んで行列を待ち伏せていたようだ。

広岡藩の行列が宿を出て、一味が待つ峠にさしかかった時、一味の主謀者盛山藩郷士小宮山《こみやま》栄之進《えいのしん》は、胸に強訴《ごうそ》の訴状を差し、刀を抜き放ち、仲間を指揮して広岡藩主津島《つしま》重勝《しげかつ》の乗った駕籠をあっという間に取り囲んだ。

藩主の駕籠を掌中に入れれば、供の者たちは手足はおろか首に刀を突きつけられたも同然、小宮山は仲間に供侍たちを威嚇させ、その場に釘づけにした上で胸の書状を引き抜いて読み上げた。

それは要約すると、こういうことだったらしい。

――今般貴殿は侍従に任じられたが、それは本家である盛山藩に対して僭越《せんえつ》で傍若無人の行いである。すみやかに官を辞して隠居するならば決して貴殿に遺恨はもたぬ。しかし、これを聞き入れないというのであれば、侮恥《ぶち》の恨みを晴らすべく、いまここで貴殿主従を残らず討ち殺すがいかが――。

ところが、案に相違して郷士たちは強訴の返答を聞くまもなく、すぐに広岡藩の侍たちに囲まれた。

「奸賊《かんぞく》ごときが何を申す。今頃殿はすでに国元にお入りだ。そちらのお駕籠は空駕籠だ」

徒士頭《かちがしら》とも思える武士が前に出てきて小宮山たちに言い放った。

「何……」

小宮山の同士の一人がぎょっとして藩主の駕籠に走り寄った。

「しまった！」

一同駕籠の中に視線をやって臍《ほぞ》を噬《か》んだ。

駕籠の中には座布団一枚があるだけだった。藩主の姿形はどこにもなかったのだ。

狼狽《ろうばい》の目で見返した郷士たちに、徒士頭の怒声が響いた。

「内通があったのだ、お前たちの奸計は知れていたという訳だ。それも知らずに間抜けな奴らだ。皆の者、こやつ等の素性、おおよそ見当はついているが捕らえろ。生け捕りにしろ、抵抗する者は斬れ！」

郷士たちは一斉に襲われた。

囲みを破って逃走したのは小宮山他五、六人。数人が斬り殺され、傷を負って動けなくなった者はその場で自害して果てた。

それが、これまで度々吉蔵に情報を寄せてくれた、出羽国《でわのくに》に居住する者がもたらした事件のあらましだった。

吉蔵は、伊織と弦之助の側に膝ひとつ進めて言った。

「ここからが肝心なところでございますが、事件があった昨年の四月以来、広岡藩主を襲撃した残党が、この江戸で暮らしていた……という噂《うわさ》がございまして」

「この江戸で……どこだ」

「伊織様、驚かないで下さいよ。小宮山他一味の残党は、九《く》段《だん》の坂下《さかした》の飯田《いいだ》町に道場を開いていたらしいのです」

「まことか」

「はい。道場の看板には『高島《たかしま》流講武指南竜仙閣《りゅうぜんかく》』とあったそうでございます」

「ちょっと待った。高島竜祥《りゅうしょう》という兵学者がいたが、一味はその一派だったのか？」

弦之助が聞いた。

高島竜祥は剣客でもあり兵学者としても名の知れた人物で、数年前に幕府に北方警護の重要性を説いた進言書を提出したが取り入れられず、その後の消息はわかっていない。

「詳しい事はわかりませんが、なんらかの関係はあったものと思われます」

「いずれにしても、残党はもう飯田町の道場にはいないのだな」

「さようでございます。ふた月ほど前に竜仙閣は閉鎖して、今は空き家になっているそうでございます」

「もう江戸にはおらぬな」

弦之助が呟いた。

「いや、この江戸にいる。大勢の人の住むこの江戸の方が身を隠すには好都合だ」

伊織は弦之助の考えを否定した。

すると吉蔵は大きく頷き、

「伊織様のおっしゃる通りでございますよ。まだこの江戸にいるという事がわかったのです」

神妙な顔で伊織の目をとらえた。

「何かつかんでいるのだな、吉蔵……」

「はい。今その理由を長吉さんからお話し致します」

吉蔵は、それまで皆のやりとりを聞いていた長吉に顔を向けた。

長吉は頷くと、伊織と弦之助に交互に視線を置きながら、

「実は今日、上野で斬り合いがあり、死人が出たというので見届けに行ったので

すが、殺された男が竜仙閣で門弟に稽古をつけていた一人だとわかりまして」

「何……」

弦之助は大きく目をぎょろりと見開いて伊織と顔を見合わせた。

「間違いございやせん。斬り合いを見た者の中に、竜仙閣に通っていた八百屋の若旦那がおりまして、その若旦那が町方の旦那に促されて殺された侍の首実検を致しましたが、それによると道場では田村三太郎《たむらさんたろう》と呼ばれていた御仁だとわかりやして」

「田村三太郎か……」

「ところがその名は、まもなく偽名だと判明しやした」

「何……偽名だと」

「はい。田村と名乗っていたそのお方の懐に、母親に宛てた手紙が忍ばせてありまして、それで、襲撃に加わった元盛山藩士三田三郎《みたさぶろう》だと判明したのでございます」

「とすると、襲撃を率いた小宮山某《なにがし》を含め残党たちは皆、昔の名を隠し、偽名でこの江戸で暮らしているものと見ていいな」

「ふむ……」

弦之助の言葉に頷いた伊織の脳裏に、ふいに、両国の橋の袂で狙われていた関谷というおひろの情人の姿がちらと頭を過《よぎ》った。

その関谷は他国に逃げるための金をおひろの身請けに使い果たしたという。

――まさかな……。

伊織は心の中で否定し、

「長吉、斬り合った相手だが、広岡藩の手の者だな……」

「あっしはそう睨んでおりやす」

長吉はきっぱりと言った。

東北で一年と少し前に起きた襲撃事件の決着は、どうやら舞台をこの江戸に移してきたようだ。

「すると吉蔵、俺たちは事件に関わった残党たちが、どう決着をつけるのか、それを見届けるのだな」

弦之助が訊《き》いた。

「はい。私の勘では近々何かが起こりそうな気がするのです。ただ、御公儀も黙って見過ごすことの出来ない事件かと存じます。気になるといえばそれが気になりまして、特に伊織様は兄上様が筆頭の御目付様、もしも不都合ならばこの見届け、下りて頂いてもよろしいのですが……」

吉蔵は伊織を見た。

「いや、俺は長屋に暮らす一介の冷や飯食いだ。兄上には関係ない」

伊織は、きっぱりと言った。

三

吉蔵から聞いた竜仙閣は、九段坂下の大通りから横町に入った二階屋だった。

伊織と弦之助は、翌日、連れだってその家の表に立ったが、周囲は板塀に囲まれていて中の様子は窺えない。

高島流講武指南竜仙閣の看板はまだ門にかかっていたが、その文字が朱で大きく消されていた。吉蔵の言うように、何かを予兆する不吉な感じがした。

塀越しに表からざっと見渡すと小さな庭もあるようだった。

柿の木が板塀の上まで伸び、実が赤く熟していたが、収穫する者のいなくなった庭には、かえって寂寥《せきりょう》感を漂わせていた。

「おい」

弦之助が小さな声を上げ、伊織を向かい側の家の物陰に引っ張って行って身を屈めた。

「見ろ……」

弦之助が顎《あご》をしゃくった。

その視線の先の軒下に、頭巾《ずきん》を被《かぶ》った立派な武士と供侍が二人現れた。

三人は、道場の門前まで来て立ち止まった。

「何者だ、あいつは……」

弦之助が言った。

「残党を追う広岡藩の手の者じゃないか……」

「…………」

二人が注視する視線の先で、三人は中の様子を窺うように伸び上がったり飛び上がったりしていたが、やがて元来た道に戻って行った。

「後を頼むぞ。広岡藩の者かどうか確かめてくる」

弦之助は伊織に言い置くと、三人の後を追った。

——さて。

空き家となれば近隣の者たちに聞いてみるほかあるまい。

伊織が門前から離れようとしたその時、柿の木の枝に竹の竿《さお》が伸びてくるのが見えた。

――人がいるのか……。

様子を窺っていると、竹の竿は、柿が二つくっつくようにしてついている枝を竿の先に引っかけてもぎ取った。

伊織は木戸口に近づいて戸を叩《たた》いた。

だが返事はなく、庭は急に静かになった。ことりともしない。息を詰めてこちらの様子を窺っているようだ。

「怪しい者ではない。御成道のだるま屋の者だ」

伊織は、穏やかな声で戸の向こうに告げた。

しかし静寂はまだ少し続いた。どこからか見定められているような感じがして伊織は体を起こして見渡したが、それがどこからの視線なのかわからなかった。

伊織がもう一度、ほとほとと叩いた時、戸が開いた。

戸の向こうに女の顔が見えた。下女だった。

縞《しま》の木綿の着物に藍《あい》色の前垂れ姿だが、その手に竹の竿と先ほどもぎ取った枝が握られていた。

「御成道のだるま屋さんとは、吉蔵さんのことですか」

女はまだ警戒の色を見せていたが、問いかけてきた。

「そうだ、吉蔵を知っているのか」

「知ってますよ、ここで働く前のお店《たな》の旦那さんに、お記録を買って来るように言いつけられて、だるま屋さんに行った事がありましたから」

「それなら話が早い。少し訊きたい事があるのだが、中に入れてくれぬか」

「中にですか……」

女は迷った顔で奥を見返り、そして顔を戻すと、

「本当にだるま屋さんのゆかりの方ですね」

もう一度念を押した。

「嘘《うそ》じゃない。人知れずここに暮らしていた人たちの行く末を案じている者の一人だ」

伊織の言葉に嘘はなかった。この事件の見届けを引き受けたその時から、残党の行方を案じていた。

つまり伊織の胸には、一連の事件に関わる二つの藩の長年に亘《わた》る対立を憂う心がずっとあったのである。

それはこのたび吉蔵の話を聞くずっと以前、一年も前の、襲撃事件直後のことだった。

当時はまだ伊織は駿河台《するがだい》の表神保町《おもてじんぼうちょう》にある屋敷で暮らしていた。その時に、苦々しい顔をして下城してきた兄忠朗から聞いたのだった。

その時兄は、襲撃事件に発展した二つの藩の積怨《せきえん》について、これまでの経緯《いきさつ》を話してくれたのだった。

それによると、襲撃を受けた広岡藩祖は、戦国末期に盛山藩を離脱し、盛山藩の穀倉地帯を実行支配し、豊臣秀吉《とよとみひでよし》に大名として認められて盛山藩から独立した、もともとは盛山藩の家来だった家筋である。

当然だが当初から盛山藩は、広岡藩を横領者として憎悪し軽蔑《けいべつ》していたという経緯がある。むろん広岡藩側もこれに反発して、水面下ではずっと対立関係にあった。

その不穏な関係も、当初は盛山藩が十万石、広岡藩は四万七千石と、大名としての家格に差があって、火種はあっても触発することはなかった。

ところが時代が下って外国船が接近してくるようになり、蝦夷《えぞ》地の警護が必至となった。

幕府は、盛山、広岡両藩に出兵を命じ、その功により、広岡藩は十万石の大名に、盛山藩は二十万石の大名にする高直しがおこなわれた。

ところがここに、城主が受ける家格、官位の問題が浮上してきたのだ。

それまでは広岡藩の藩主は、どう頑張っても盛山藩の藩主が受ける官位には及ばなかったものが、石高が上がる事によって、それ相応の年数が経てば同格の官位も夢ではなくなったのである。

ついに一昨年、広岡藩主が従四位下侍従に任ぜられ、官位の上では盛山藩主と同格になったのだった。

もちろん同格でも城中の席次は、先に侍従となっている盛山藩主が上座となる。しかも盛山藩主は四十前、一方の広岡藩主は齢《よわい》六十にしてやっと侍従を手に入れたのだ。

同格になったとはいえ、通常なら広岡藩主が盛山藩主の上座になる事はないのだが、不測の事態が生まれていたのである。

盛山藩主が病の床につき、近い将来、上下の均衡が破られる恐れが出てきたのだ。

つまり、現盛山藩主戸部直敬《とべなおのり》が逝去すれば、跡目を継ぐのは直定《なおさだ》だが、直定はまだ十四歳と若く直ぐに侍従には任ぜられぬ。すると、官位の上で広岡藩主津島重勝の下座となる心配が出てきたのだ。

盛山藩を苛立《いらだ》たせたのは、そういった事情を承知で、広岡藩の重勝が昇進運動をしてきた事だった。

幕閣の要職にある者と婚姻関係を結び、あるいは人目もはばからぬ付け届けを行って官位を手に入れた、なりふり構わぬやり方が盛山藩側の癪《しゃく》に障った。まるで盛山藩主戸部の病をあざ笑うように、かつての主人筋の家に後ろ足で砂をかけるような、そんな配慮のない行いだと盛山藩の広岡藩に対する憎悪は膨《ふく》らんだのだ。

藩主戸部は死の床で、

「この戸部家が、家来筋の重勝ごときの下座につくのはいかにも口惜しい。我が家には一人の大石内蔵助《おおいしくらのすけ》なきや」

と悔し泣きしたというのである。

そして戸部の心配は、現実のものとなった。

両藩は参勤交代の参府年が違うために、藩主が城中で顔を合わせることはなかったが、藩臣たちは屈辱を味わうこととなる。

戸部直敬が死去すると、家臣たちは献上品などを持参した折に、主君の序列に従う事になり、盛山藩の家臣は広岡藩の家臣の下座につくことになったのである。

盛山藩にしてみれば、腹の中が煮えくりかえるような事態となったのであった。

「蝦夷地警護を憂うるあまり行った高直しが、両藩の均衡を崩し緊張を生んできた。武士の体面を考えれば盛山藩の悲憤は察してあまりある。何事も起こらねばよいがと祈っていたのだが……」

経緯を話してくれた兄忠朗が、その日も最後にぽつりと漏らした言葉を伊織は覚えている。

だからこそ、吉蔵から今度の見届けを言われた時、複雑な思いにとらわれていたのだった。

伊織が慌ただしく兄との話を反芻《はんすう》して女の返事を待っていると、

「どうぞ」

女は小さく頷いて伊織を戸の中に入れた。

そして一度表に顔を突き出して用心深く外の様子を窺って、それでぱたんと戸を閉めた。

「ほう、なるほど……」

伊織は、格子窓からがらんとした道場を眺めた。

道場の壁には門下生の札が二、三十はかかっていた。墨書された名が黒々と見える札と、裏向きにした白い木肌の札も見える。

ほんのふた月前までは、札に名のある門人たちがここに通い、大きな声を張り上げて厳しい稽古をしていたのだと思うと、無人の道場の寂莫《じゃくばく》ぶりが身に迫った。

「中に人は入れないようにって言われているんです。いずれ大家さんが始末するんでしょうが」

女は伊織を急《せ》かすように後ろから言った。

「あんたは何も聞かされていなかったんだな」

道場を離れ、女と庭に回りながら伊織は訊いた。

「はい。あたしは、この道場に通いで飯炊きに雇われていた者です。先生のお内儀様も何もおっしゃいませんでした。ある朝ここに来てみたら、誰もいなくなっていて……」

話しながら女は濡れ縁に腰をかけるよう伊織に勧め、自分も端っこにちょこんと腰を据えた。

「それで大家さんが、しばらくここに通って留守番をするようにって……だって、それまでここにみえた事もないお武家が先生の行き先をたずねて来たり、そうそう、御奉行所のお役人も岡っ引の旦那も来ましたし」

「町方が来ているのか」

「はい、でも私は何も知りませんから……だからどなたに聞かれても、知らないものは知らないって、何も聞いてない、見ざる聞かざるだったんだって、正直にそう言うだけです」

「ふむ」

「これは旦那がだるま屋さんのお人だから言うんですが、お世話になった方を告げ口するような話はしたくありませんからね。だって私は、先生方を心配してる一人なんですから」

「ふむ」

「良くして下さいましたからね、先生もお内儀様も」

「先生は名をなんと名乗っておったのだ」

「名前……教えるからには旦那、その前に約束してくれますか」

「約束……」

「ええ。もし、先生やお内儀様にお会いになったら力を貸してやって下さるって……」

「どこにいるのか存じておるのか」

「まさか……知っていれば駆《か》けつけて、私の弟が暮らしている甲州《こうしゅう》街道沿いにある深大寺《じんだいじ》の村にご案内しております。あそこなら恐ろしい人たちも追ってはこないと思いますから……」

「わかった、安心しろ。間違っても先生を追っている輩《やから》に渡したりはせぬ」

「ありがとうございます」

女は神妙な顔で頭を下げると、

「先生のお名は、佐竹大助《だいすけ》様とおっしゃいました」

伊織の目をとらえて言った。

「佐竹大助……」

「お内儀様は綾様……」

「綾……」

「はい。美しいお方でした。お子が一人、千太郎《せんたろう》様とおっしゃいました」

「他には……先生の高弟として、ここで寝起きしていた人たちだが……」

「田村三太郎様」

「うむ……」

上野で殺された男の名であった。

「田村様は母思いのお方でした。それから関谷晋平様」

「何、関谷晋平だと……」

「はい」

女は伊織の驚きを見て怪訝な顔を向けた。

「いや、同じ名の男を助けたことがあるのだ」

「じゃあ、関谷様はこのお江戸にいらっしゃるんですね」

「俺が会った男がそうなら、そういう事だな」

「ご無事で……」

女は手を合わせたのち、

「関谷様には、この江戸の深川にいい人が出来たらしくて、田村様にひやかされていたのを聞いたことがあります。もっとも、お相手はお女郎さんだったようですが……お玉《たま》さん、とか言っていましたね」

「お玉か……おひろじゃないのか」

「お玉です……店の名も聞いたことがあります。一度関谷様に使いが来たんですよ、それをあたしが取り次いで……」

「何という店だ」

「ちょっと待って下さい」

女は眉間《みけん》に皺《しわ》を寄せて頭を傾けて考えていたが、

「そうそう思い出した。常盤町《ときわちょう》の『松葉屋《まつばや》』だったと思います」

「常盤町の松葉屋だな」

「はい、間違いありません」

「他には……ここに先生と一緒にやって来た人たちの事だ」

「その三人だけです。先生はご家族とこの下の座敷でお暮らしになり、田村様と関谷様は二階のお部屋をお使いでした。私が知っているのはそれぐらいですが……」

女は伊織を見返すと、名をおみやと名乗り、もしも先生にお会いになったらお伝えしてほしいと、弟の暮らす深大寺の所を説明した。

四

「ああ、だめだめ、旦那、はじめちょろちょろ、中ぱっぱって教えたろ」

白髪交じりのおまさが戸口から入って来た。

おまさは、伊織の住む長屋の住人で、家は差し向かいにあり、金銀赤白青緑の綺麗《きれい》な水引で、鶴《つる》や亀《かめ》や、松や梅などの目出度《めでた》い飾り物を作って献残屋《けんざんや》に卸している。

結構金になるようで、五つも年下の亭主を弟子のようにこき使っているのだが、それでは足りなくて長屋の者たちの世話を焼く。

とくに伊織の暮らしが気になるらしく、飯を炊いていると、いつの間にかやって来て、

「はじめちょろちょろ、中ぱっぱ、赤子が泣いても蓋《ふた》とるな……といってもここには赤子はおりませんがね」

などとひとときロ出しして帰るのだった。

今夕は九段坂下の竜仙閣からの帰りが遅くなって、夕闇の中で米を研ぎ、急い

で竈《かまど》に火を入れたが、その火が強すぎたか、釜から煮立った泡が大量にあふれ出て、大あわてで竈の火を掻《か》き出そうとしたところだったのだ。

「退《ど》いて退いて、焦げてるよ、旦那」

おまさは、どたどたと上がって来ると、伊織をどんと突き放し、竈を覗《のぞ》くと、手際よく火を掻き出した。

「まったく……」

おまさは、ぎょろりと睨むと、

「少し蒸してからだよ、蒸してからじゃないと飯は固いよ」

そう言うと、とっとと出て行ったのである。

「ふう……」

額の汗を拭いたところに、弦之助が現れた。

「お藤の話では吉蔵は珍しく出かけたらしいな」

弦之助は、手にとっくりを提げて入って来た。

「お藤の差し入れだ。肴は水屋に入れてあると言っていたぞ」

弦之助はまるでわが家に帰って来たように上に上がると、六畳の畳の部屋に置いてある水屋の戸を開け、お藤が伊織の留守に運んでくれていた肴を取り出して膳の上に載せた。

「おい、おぬし、もう一杯やってきたのか」

伊織は膳の前に座って伊織を待ち受けている弦之助に言った。

側をすり抜けた弦之助の体から酒の匂いを嗅《か》ぎ取っていた。

「俺は呑みたくて呑んできたんじゃないぞ。広岡藩の中間《ちゆうげん》を手なずけるために飲み屋に連れていって奢《おご》ってたんだ」

「そうか、やはりあの者たちは広岡藩の手の者だったのか」

「まあ座れ、呑みながら話そう」

弦之助は早速茶碗二つに酒を注ぐと、

「あの者たちは、あれから真っ直ぐ芝愛宕下《あたごした》にある広岡藩の藩邸に入って行ったんだ。そこで俺は一計を案じてな……」

弦之助は門番を捕まえて、今家来を連れて中に入ったのは誰かと聞いた。

門番は警戒した目で弦之助を見回したが、弦之助が先日上野で斬り合いがあった事に触れ、その時もあの武士を見たなどと告げると顔色が変わった。

「何、お家の大事と見当はついているんだが、お前の知っている事でいい、話してくれないか。実は俺は読売に雇われている者でな。どちらの味方でもない。今何が起こっているのか知りたいだけだ。なあに、一杯やりながらどうだ？　話をしてくれればいい小遣い稼ぎになるぞ。むろん、お前から聞いたなどと他言はせぬ。ここを使えば今の時代は金を稼げるって訳よ」

自分の頭を人差し指で叩いて見せた。

門番は弦之助の顔をじっと見たのち、

「そこの橋の袂にもみじっていう煮売り屋がある。すぐに行くから待っていてくれ」

囁《ささや》くように言い、一方を目配せした。

「そういう訳でな、その男から聞いた話では、三人のうち覆面をつけていたのが、定所勤《じょうふ》めで目付の松崎与左衛門《まつざきよざえもん》、供の二人は国元からやって来た者らしいが、小人目付ではないかと言っていた」

「やはり広岡藩では徹底的に残党狩りをするつもりらしいな」

「ところがこれまでに生き証人として広岡藩の手元にいるのは、金蔵《きんぞう》とかいう刀鍛冶師《かじ》が一人だ。この男は襲撃を密告した者だから広岡藩が捕まえた者じゃない。そのような者の証言だけで公然と盛山藩にねじ込むことが出来るかといえばそれは出来ぬ。なにしろ襲撃した輩は、自分たちは盛山藩を脱藩した者だ、盛山藩は関係ないのだと宣言している。それで広岡藩は盛山藩にねじ込む事も、また幕府に訴えることも出来ずに手をこまねいてきたらしい。だがこのまま捨て置けぬと、ここにきて密かに藩をあげて残党を探索しているという事だ。生きたまま捕まえろ、そして盛山藩の者だと名乗らせろという訳だ」

「………」

「あの道場の見回りをしているのも、そういう事らしい」

「弦之助……」

伊織は、組んでいた腕を下ろすと、

「あの道場では、三人の残党が暮らしていたらしい」

下働きのおみやから聞いた話を掻い摘《つま》んで話し、その三人のうちの一人は上野で死んだ田村三太郎こと三田三郎、後の二人は、これも恐らく偽名だと思うが、一人は関谷晋平と言い、そしてもう一人は佐竹大助だと告げ、

「実は関谷なる者は俺が助けたことがある」

弦之助を見た。

「何……」

「残党の一人だとわかっていれば居場所を聞いておくのだったが……」

用心棒を断られて落胆したおひろの顔がちらと浮かんだ。

「道場主は佐竹という男だったらしいのだが、俺の勘では、事件の首謀者は小宮山栄之進ではないかと考えている」

「うむ……」

弦之助は相槌《あいづち》を打ったが、すぐに何かを思い出して顔をあげた。

「おい、その佐竹大助なる男の内儀だが、綾と言わなかったか」

「そうだ、一人息子は千太郎というらしい」

「待った、先ほどからどこかで聞いたことのある名だと思っていたのだが、俺の長屋にひと月半ほど前に引っ越して来た一家が佐竹だ」

「佐竹、何という……」

「亭主の名は知らぬ。だが内儀の名は綾、綾殿はだるま屋から内職を貰っているぞ」

「だるま屋に出入りしているというのか」

伊織は驚いて弦之助を見た。

「多加が世話を焼いてな、おぬしが居ない時のことだったが、だるま屋にもやってきた」

「弦之助……」

伊織は驚きの目を向けた。弦之助の長屋に越してきた一家というのが、道場の下女が言っていた佐竹夫婦とその子息だったとは——。

「ややこしい話になってきたな」

弦之助が腕を組み考えこんだ。

伊織も同じ思いだ。見届け人の仕事はどこで線を引くかむずかしい。私情をはさまずに冷静に見届けるのが鉄則だが、そこは人間のやること、時には同情すべき咎人《とがにん》に肩入れするようなこともある。だがそれはあくまでも理非のはっきりした市井《しせい》の事件に限ってのこと。今度の場合襲撃事件そのものが、果たしてどちらが善だ悪だとくくれるような単純な話ではないのである。

ただ弦之助夫婦にとってみれば、佐竹は長屋の親しい隣人である。川向こうの火事だと高見の見物を出来るような心境にはとてもなれぬという所だ。

かといって荷担すれば、自分も底なし沼の中に足を踏み入れる事になるかもしれないのである。

「万が一の時には手を貸してやりたいと思うのは人の条理、実はあの道場を預かる下女おみやも主《あるじ》夫婦を案じていてな、主への伝言も預かってきておるのだ。もしも会う事があったら頼むと……」

伊織は、深大寺の弟のところに身を隠すように伝えて欲しいと言ったおみやの言葉を思い出して言った。

「よし、俺も腹を決めた」

弦之助は、決心した目で伊織を見た。


翌日のことだった。

伊織は深川の常盤町の岡場所に向かった。

関谷晋平といい仲だったというお玉に会う為だった。

深川には岡場所と呼ばれる場所が、仲町《なかちょう》、新地《しんち》、裾継《すえつぎ》、弁天《べんてん》など三十近くも点在して有るのだが、常盤町の岡場所は小名木《おなぎ》川に架かる高橋《たかばし》の北側にあった。

女郎は全て伏玉《ふせだま》で、一切れ二朱だというから高い方ではない。

伏玉というのは、女たちが女郎宿の抱えになっていて、他所に出かけて行って客を取ることはなく、自分の店に来た客のみを相手にする。

しかも通いと違って女たちは女郎宿に寝起きしているから、お玉という女郎がいれば間違いなく会える筈《はず》だ。

伊織が松葉屋の軒先に立った時、まだ昼には少し間のある時間だった。おとないを入れると、やり手婆《ばばあ》と呼ばれる年増が、あくびをしながら出て来、女将に取り次いでくれた。

「あいにくでしたね旦那。お玉は身請けされましてね、もうここにはいませんよ」

女将は長い煙管《きせる》で煙草を吸いつけると、一服吸い込んだ後、伊織に目を向けた。肌の黒い女だった。武士を目の前に置いても、少しも怯《ひる》んだところがない。腰をどんと長火鉢の前に据え、ちらりと伊織を品定めするようなしたたかさが見える。

お玉に会えないのは残念だが、お玉の日常について知っている事を教えて欲しい、お玉をどうこうするというのではない、訳ありなのだと告げると、

「お玉と仲の良かった娘《こ》を呼びましょうか」

女将は、白い煙を吐き捨てて言い、

「ちょいと、かえでを呼んどくれな」

通りかかった女郎に言った。

「お玉はいい子でね、手放したくなかったんだけど、お侍さんに妾《めかけ》にするんじゃ

ない、女房にするんだと頼まれましてね……そういう言葉には弱いさね、ここに住む女は……そんな言葉を聞けば嫌だとは言えませんのさ」

「女将、ひょっとしてお玉というのは源氏名で、本当の名はおひろ……」

「あらご存知でしたか、そうですよ、ここではお玉って言ってましたがね」

伊織は内心予想していたが驚いた。

──すると、おひろがお玉だったとすると、侍というのは関谷晋平か……。

伊織が尋ねるより先に女将が言った。

「お侍は関谷晋平様とおっしゃいましたがね。でも、本当のお名は、関根良介《りょうすけ》様だったらしいですね」

「関根良介……本人が言ったのか」

「いえいえ、お玉がここから出て行ってしばらくして、ここに恐ろしい顔をしたお侍がやって来ましたのさ」

「どんな男だ、頭巾を被っていたのか」

「頭巾は着けてはいませんでしたね。彫りの深い顔立ちで、その目が恐ろしくて、そうそう、今斬り合いをしてきたような、殺気がびんびん感じられるお方でしたね。そのお侍が言ったんですよ。隠し立てをすれば為にならぬぞと」

「………」

「関谷晋平様っていうお方は、何か訳ありの人だったんですね」

ちらと視線を送って来た。

「すると女将は、お玉、いや、おひろの居所を教えたのか」

「馬鹿言っちゃいけませんよ旦那。ここで長年店を張り、いろんな男を見てきたんだ。顔色ひとつ見りゃ、ああこのお人は何を考えてるかおおよそ見当はつくんですよ。目を血走らせてお玉と関谷様の居所を聞きに来るなんてのは尋常じゃござんせんよ。しかもこのあたしを脅して聞き出そうとするなんて」

女将は口元に苦笑を浮かべると、

「女郎宿だと思って馬鹿にして。痩《や》せても枯れても松葉屋の女将として細腕一本でやってきたあたしがさ、そんな人たちに脅されて話をするものか」

女将は、怒りをぶつけるように、煙管の雁首《がんくび》を長火鉢の縁に打ちつけた。

「女将……」

伊織は感心して目の前の女将に笑みを送った。

「でも旦那はあんな奴らとは違う。お玉や関谷様を心配して下さってる。そうでしょ。だから隠さずにお話ししてるんですよ」

笑った目尻に、温かいものが感じられた。

「すると女将、女将はおひろの所を知っているのだな」

「いえ、それは聞いてませんね。先にも言ったように、深い事情が関谷様にはおありのようでござんしたからね。あえてそういう話は避けているように思えましたし、聞けませんでしたね。でも今呼びにやったかえでならお玉から聞いているかもしれませんのさ。仲良しでしたから、かえでにだけは何か話しているかもしれませんよ」

女将は言い、鉄瓶の湯で伊織に茶を入れて差し出した。

まもなくそこへ、首を白く塗り、緋《ひ》色の襦袢《じゅばん》を着た女が入ってきた。

「女将さん、何か……」

「ああ、かえで、こちらの旦那にさ、お玉が今どこに住んでるか知っていたら教えてやっておくれでないかい。頼んだよ」

女将はかえでを手招いた。

五

「しまった、引っ越したのか……」

土間に入って中を見渡した伊織は、鍋ひとつない景色に立ちすくんだ。

かえでに聞いたお玉ことおひろが住む長屋は、浜町堀《はまちょうぼり》に架かる千鳥橋《ちどりばし》の袂に広がる橘町《たちばなちょう》にあった。

松葉屋からの帰りに立ち寄ってみたのだが、その家は火の絶えた空き家であった。

「ん？」

伊織は草履を脱いで上に上がった。

四畳半の畳の上に、染みを見た。畳は古く毛羽立っていたが、染みは親指を押しつけたようなものが三つ、畳の目地に固くへばりついているように見えた。しかも黒ずんでいた。

指で触ってみると表面は乾いていたが、手にどす黒いものがくっついてきた。鼻に近づけると血の臭《にお》いがした。

た。
——二人の身に何かあったのだ……。
伊織の脳裏に、松葉屋のかえでから聞いた、お玉と関谷晋平の姿が浮かんでき
た。
かえではこう言ったのである。
「お玉ちゃんとあたし、同じ頃にこの店に入ったんです。部屋も隣同士だったか
ら、あたしたち何でも話し合ってたの」
かえでは人なつっこい目で伊織を見ると、自分の隣の部屋にいたお玉と晋平が、
どのように過ごしていたのか話してくれたのだった。
初めは酔いに任せてやって来た晋平も、二度目からは大福餅や果物など、女た
ちの好みそうな物を手みやげに通って来るようになった。
むろんかえでも二人の中に混じってかるたなどして遊んだ事もあるのだが、傍《はた》
から見ていても二人の愛情は揺るぎないように見受けられた。
お玉は晋平のなまりが好きだと言っていた。だから晋平が来るたびにお国言葉
を習っていた。
ある日のこと、客の途絶えたかえでが黄表紙の本を寝そべって読んでいると、
聞くとはなしに隣の声が聞こえてきた。

「こっちにおでれ」

晋平の声がした。

お玉が晋平の側に寝そべったようだった。

——ああ、またお国言葉を教わっている。

かえでは微笑んで耳を傾けた。

いつもお玉はそうしてお国言葉を教わるのだと聞いていたからである。

「晋平さん、ありがとがんす」

お玉の声が聞こえてきた。

「おばんでがんす」

晋平が言った。するとと続けて、

「おばんでがんす」

お玉が、ちゃめっけたっぷりの可愛い声で復唱した。

「しばれるなはん」

「しばれるなはん」

「おめはんどこさおでるのす……」

「あたしは八幡宮《はちまんぐう》さ行ぐどごでやんす」

たどたどしくお玉が答えると、

「うめくなったなお玉……めんこい奴だ」

そこで二人の会話は切れた。着物の擦《す》れる音がして、どうやら晋平がお玉を抱きしめた様子であった。

夢うつつの晋平の声がきこえてきたのはまもなくだった。

「おめはんと……きっと一緒になろう、お玉……」

その晋平の声を、かえではまるで自分が言われているような思いで聞いていたのだと伊織に言った。

「旦那……お玉ちゃんが幸せになれば私だっていつかきっと幸せになれる……お玉ちゃんはあたしたち仲間の希望でした。だからお玉ちゃんがこの店を去る時も、私、幸せを祈って見送りました。それなのに怖いお侍さんが現れて、関谷晋平様は関根良介という罪人だなんて言ったんですよ。そんな事があるものですか、そうでしょ旦那」

「うむ……」

「旦那、旦那は二人を助けて下さるんですね」

かえでは伊織に念を押すように聞き返し、そしてこの長屋を教えてくれたのだった。

——しかし、一足遅かったか……。

踵《きびす》を返して外に出た伊織の前に、

「旦那、旦那は秋月様とおっしゃるお方ですか」

前垂れで手を拭きながら近づいて来た女がいる。

「そうだが何かな」

「あたしゃ隣の、おせいっていう者なんですがね」

女は右隣の家を顎でしゃくると、

「おひろさんからの伝言があるんですよ」

おせいは、辺りにはばかるような目を走らせると、小声で言った。

「何、おひろから……おひろは引っ越して行ったんだな」

ちらと背後の空き部屋に視線をやって女を見た。

「ええ、実は大騒動があったんだよ。覆面をしたお侍さん二人が、おひろさんのご亭主を殺しに来たんだから」

「何……いつのことだ」

「二日前の夕刻でした、覆面をしたお侍が、この狭いどぶ板の上で刀を抜いておひろさんのご亭主を追っかけてさ、見ていた長屋の者は縮み上がったんですよ」

「それで、おひろたちは無事だったのか……」

「ご亭主は腕を斬られたようでしたね。腕を斬られながらも大通りに飛び出して、難を逃れたようでした。それでおひろさんはもうこの長屋にはいられないって言ってね、その夜のうちに、出て行きましたのさ」

「そうか、そんな事があったのか」

「で、ここにもしも、もしも秋月様というお方が訪ねて来てくれたら、そのお方にだけは、私の落ち着き先を教えて欲しいって言ったんですよ、おひろさん」

伊織は小さく頷いた。

おひろは、伊織に用心棒を断られたにもかかわらず、まだ伊織を待っていたのだ。引っ越して行く折にも一縷《いちる》の望みを捨てきれず、隣人のおせいに頼み事をして行ったのだ。

「それで、どこに行ったのだ……」

「まだ連絡がないんですよ」

心配そうに言った。

「おひろの勤め先は知っているか」

「両国東の松屋ってお店に行ってましたけど、旦那、今日あたしが訪ねて行ったら辞めてましたよ」

「すると行く当て知れずか……」

伊織は顔を上げて屋根の上の空を見た。

俄《にわか》に空は暗くなり、冷たい風が出てきたようだ。

「おせい」

伊織は女に顔を戻すと言った。

「俺は御成道にあるだるま屋という古本屋に居る。おひろから連絡があった時には知らせてくれぬか」


「皆さんに集まって頂いたのは他でもありません」

吉蔵は険しい目で伊織たちを見渡した。

伊織と弦之助、長吉と、そしてお藤も控えている。

日はとっぷりと暮れ、一同が集まっているのは、行灯《あんどん》の灯を囲むだるま屋の茶の間である。

一同の前には茶は出ているが酒はなかった。それだけ吉蔵の話が気の重い話であるのだと察せられた。

「今度の見届けでございますが」

吉蔵は、膝の上に手を揃《そろ》えて、

「手を引こうかと考えています」

神妙な顔で言い顎を引いた。

「吉蔵、今更何を言い出すのだ」

弦之助が、ぎょろりとした目で吉蔵を見返すと、

「やはり危険過ぎます。私の判断が甘かったと存じまして」

「馬鹿な、そんな事は最初からわかっていた事じゃないか」

「そうですが、見届けとはいっても、こちらの動きがどう解釈されるかわかりません。相手が悪すぎます」

「どういう意味だ」

「下手をすれば、だるま屋の店が出せなくなります」

「いったい何処《どこ》にそんな気を遣ってるのだ……盛山藩か、それとも広岡藩か……」

「広岡藩と、御公儀です」

「御公儀だと……」

弦之助は伊織と顔を見合わせた。

「はい。と言いますのは、御老中佐久間大和守《さくまやまとのかみ》様が広岡藩の訴えを聞き届けたという情報が入りまして……実は佐久間様は広岡藩と近年婚姻関係の間柄でございますから、そういう話になったのだろうと存じますが」

「気に食わんな、そうだろう伊織」

弦之助が苦い顔をした。

「うむ。しかし吉蔵、御老中が動くといっても公には動けぬのではないか。広岡藩主を襲った者たちが盛山藩の者だというのならともかく、皆いわば浪人だったのだ」

「それはそうですが、佐久間様の要請を受けて、密かに町方が動いているようでございますよ」

吉蔵の言葉に、弦之助がまたもや不満そうな声を上げた。

「そんな事は百も承知だ。親父さんにも報告した通り、竜仙閣にも岡っ引が立ち寄っている。いちいち気にしていては見届け人が務まるものか」

「土屋様……」

黙って聞いていた長吉が弦之助に顔を向けた。

「手を引いて見守っていたほうが無難ではないかと、私も蜂谷《はちや》様から忠告を受けました」

蜂谷とは、長吉が昔手札を貰っていた北町の同心蜂谷鉄三郎《てつさぶろう》のことである。だるま屋が今何をしているのかその察しはつけていたらしく、長吉を通じてよしみの深い蜂谷だけに、だるま屋の先を案じて助言してくれたという事らしい。

「大和守様の話は、私がさるお人からお聞きしまして……」

と吉蔵がつけ足した。

「吉蔵ともあろう者が……」

「土屋様、私は皆さんのためを思ってのことです」

「ならば吉蔵、お藤が写本の仕事を頼んでいる綾殿には、もう店に来てくれるなと断るのだな」

「綾様が何か関係あるのですか、土屋様」

お藤が言った。

「うむ、今日皆に話そうと思っていたのだが、綾殿は竜仙閣の当主、つまりあの襲撃の主謀者小宮山の内儀なのだ」

「まさか……」

お藤は絶句して、

「でも土屋様、綾様は佐竹様ですよ、小宮山様ではありません」

「佐竹は偽名だ」

「偽名……」

「佐竹大助の本当の名は、小宮山栄之進」

「………」

「すまぬ。多加も知らなかった事なのだ。それでこちらに内職の仲介をした。だが昨夜、綾殿を問い詰めてはっきりとした。一家は追っ手から身を隠すように俺が住む長屋にやって来たのだ。暮らしのためには金がいる、それでここの仕事を望んだのだ。その綾殿の内職を取り上げるのかと訊いている」

「そんな事は出来ません」

お藤はきっぱりと言った。

「そうだろう……俺もな、見届けの仕事とは別に同じ長屋の住人として知らん顔は出来ぬと思っている。吉蔵がだるま屋として、この見届けを中止するというのなら、それも良かろう。だが俺は、そういう訳にはいかぬ」

吉蔵は困惑した顔で吐息をついた。

「何、これでかえって動きやすくなったというものだ。これから先は俺の好きにさせて貰うぞ吉蔵。浪人とはいえ武士の魂は俺にもまだある」

「親父さん、俺も弦之助と同じだ」

伊織が言った。

「俺もすでに関谷晋平こと関根良介に深く関わってしまっている。放っておけぬ」

するとお藤が、呼応するように言った。

「おじさま、私も綾様を応援します。事情をお聞きして一層そう思いました。ですからこのだるま屋の暖簾《のれん》は、おじさまお一人でお守り下さい」

「お藤、なにもわしはそんなつもりで……」

「だったらそんな腰の引けたことおっしゃらないで下さい。おじさまらしくありませんよ」

きっと吉蔵を睨んでからお藤は立ち上がった。

表で誰かがおとないを入れたからである。

手代の文七《ぶんしち》は湯屋にやっていた。

急いで店に出て行ったお藤だが、すぐに戻って来て伊織に告げた。

「伊織様、おせいさんて方がみえてます」

「おせいが……」

――おひろと関谷の所がわかったのだ。

伊織はまだ何か物言いたげな吉蔵を尻目に店に出て行った。

六

「おい、ここかな……」

伊織は、壊れた木戸門の前で立ち止まった。

「瀬戸物屋の角の道から河岸に出て、木戸門のある小さな平屋だと言ったんだろ……隣は樽《たる》置き場だという事だから、ここじゃないか」

弦之助が辺りを見渡しながら言い、木戸門の奥を睨んだ。

二人が立っているのは諏訪町《すわちょう》の隅田川《すみだがわ》に面した河岸通りにある一軒家だった。

だるま屋におひろの居所を知らせに来てくれたおせいの話では、この家はついこの間まで馬喰町《ばくろちょう》で紙屋を営んでいた老夫婦の隠居家だったということだが、木戸門ばかりか家はかなり老朽化しているようだった。

木戸門の向こうに見える玄関の腰高障子も日焼けしているとみえ、映った部屋の中の灯が赤みがかって弱々しい。

二人は目を合わせて玄関に向かった。

「ごめん」

戸の前で伊織が声をかけた。だが中からは返事がない。

それどころか、先ほどまで点《とも》っていた灯が消えた。

「おい……」

弦之助が伊織を制して後退《あとずさ》りした。

殺気が戸のむこうに漲《みなぎ》っていた。

伊織は小さく頷くと、柄頭《つかがしら》を上げ、

「おひろ、俺だ、秋月だ……」

戸に手をかけたその刹那《せつな》、中から黒い影が伊織にぶち当たるように飛んで出て来た。

その影の右手に、きらっと光る物が見えた。

「危ない！」

弦之助が叫んだ。だがその刹那、伊織は体を開いて黒い塊を躱《かわ》した後、その右手に鉄扇を打ち込んでいた。

「うっ」

影の右手から小刀が落ちた。

慌てて拾い上げようとするその背後からむんずと襟首をつかんで引き寄せると、影の右手を取って後ろ手にねじ上げた。

「やはりおぬしか」

伊織は影の顔を月に照らして見定めて言った。

一度伊織が助けたことのあるあの男だった。

男は顔を歪《ゆが》め、眼光鋭く伊織を睨んでいる。

「関谷晋平、いや、関根良介だな。俺を覚えておらぬのか」

「くっ」

男は歯を食いしばって横を向いた。聞く耳持たぬと言いたげだった。

「俺はおひろに頼まれてやって来たのだ。おぬしを守るためにな」

「おひろが……おひろは俺の正体を知っているのか」

「おぬしが関根良介だという事は知らぬのではないか。俺たちが調べてわかった事だからな」

「…………」

晋平の顔に動揺が走った。

「おぬしの事だけじゃないぞ。佐竹殿、いや小宮山殿と綾殿の事もな」

「おぬし達、何者だ……」

晋平の伊織を見返した目がおののいている。弦之助がその耳に口を近づけて告げた。

「俺たちはお記録屋の見届け人だ。お前の敵ではない。むしろ手助けをしてやろうと言ってるんだ。そのつもりで聞いてほしいのだが、佐竹殿はこの俺が住む長屋に居るぞ」

「まさか……先生がまだこの江戸におられる筈がない」

「俺たちの話を聞きたければ中に入れろ。それに、こちらも訊きたい事がある」

「…………」

闇の中でも晋平の戸惑いが夜気とともに伝わって来た。

「早くしろ」

弦之助が一喝した。

「わ、わかった」

晋平はようやく心を決めたのか、伊織と弦之助を家の中に入れた。

そして慌てて土間から部屋にはい上がり、手探りで行灯に灯を入れた。

赤茶けた畳が浮かび上がった。

薄い布団が畳んで置いてある他は何も無い殺風景な部屋だった。ただ、追い詰められながらも生きている実感をかみしめているであろうひとつの証《あかし》が部屋の隅にあった。

畳んだ女の着物と、その上に乗っている手鏡だった。

おひろのものに違いなかった。

「黒船町の居酒屋で働いている。逃亡の路銀を工面するためです」

晋平は、伊織の視線を外して言った。

「さて……」

行灯を囲んで座ると、伊織と弦之助は、これまでに見知った状況を話して聞かせた。

すると晋平も重苦しい口調で語り出した。

「広岡藩の手が竜仙閣に伸びてきた事を知った先生は、私と田村に三十両ずつ渡してくれたのです。この金で逃げろと……私はその時、先生も相応の逃亡の資金をお持ちだろうと思っていました。今思えば、先生はご自分の為には一両の金も残していなかったのです。それも知らずにこの私は、頂いた金で女の身請けをしました。先生がそれを知ったら何と申されるか……」

晋平は膝をつかんで俯《うつむ》いた。

「三十両をどう使おうが佐竹殿は何も言うまい。佐竹殿にとっては、おぬしは最後まで自分についてきてくれた人だ。年若いおぬしが、たとえひとときでも、おひろのような女を得て、幸せを感じてくれている、その事の方がほっとするかもしれぬぞ」

伊織が言うと、

「先生……」

晋平は、両手を畳について肩をふるわせた。

「しかし、大胆な事をしたものだな。盛山藩は二十万石だ。大勢の家臣がいる中で、何を思って佐竹大助殿がかような行動に走ったのだ」

「先生は、いえ、小宮山栄之進様は、先頃ご逝去された直敬公から長い間援護を受けていたのです……」

晋平は涙を拭《ぬぐ》ったのち、体を起こして前藩主と師の絆《きずな》を語った。

それによると、佐竹大助こと小宮山栄之進は、盛山藩郷士方役人の次男に生まれたが、次男であるがゆえに父親は栄之進に幼少の頃から剣術を習わせた。年に一度の御前試合に出場すれば、だれかの目にとまって道がひらける、そんな思いがあったのだ。その機会は、栄之進が十八歳の時おとずれた。通っていた小さな道場の代表として出場した栄之進は、当時有名な町道場から出場した高弟に勝ったのだ。

最終的には優勝ならず次点で終わったが、藩主の直敬はいたく栄之進が気に入って、自身が興味を持っていた高島竜祥に弟子入りし、藩のために剣術と兵法を学ぶように言いつけたのである。

当時高島は江戸に住んでいたから、藩主は栄之進の江戸での暮らしのいっさいを面倒みることとしたのである。

修行を積んで高島竜祥の教えを全て会得すれば、栄之進は兵法者として召し抱えると直敬は約束したのである。

そこで小宮山栄之進は、十八から二十三歳まで、江戸の高島の元に通った。

そして高島より免許を貰って帰国し、国で小宮山道場を開いていた。

教えを乞《こ》う者は日々絶えず、栄之進は高島竜祥から受けた北方の警備の重要さをとくとくと弟子たちに語った。

関谷晋平こと関根良介も、熱い心で師の言葉に聞き入った一人だった。

「小宮山先生は、直敬公ご逝去のおり、その無念をお側の者に遺言し、『盛山藩に大石内蔵助なきや……』と悔し涙を流されたと伝え聞きました。十八の頃からこの方、特別の計らいをもって援護を受けてきた小宮山先生は、じっとしてはいられなかったのです。むろん、弟子の私たちも同じ気持ちでした」

広岡藩の津島重勝公に直訴を思い立ったのは自然の流れだったと晋平は告白し、

「こうなったら私がおとりになります。きゃつらの目が私をとらえている間に、小宮山先生ご一家をこの江戸から逃れられるよう手を貸していただきたい」

晋平は手をついた。

先ほどとはうってかわって、心から叫びを上げる、そんな口調だった。

「それはいいが、何もおぬしがおとりにならなくとも、他に方法がある筈だろう」

弦之助が言った。だが晋平は首を横に振り、

「いいえ、先生はお一人ではない。ご家族三人が品川か、あるいは板橋を出るまでの時間がいる。これが最善の方法です」

晋平は真剣な表情で伊織を、そして弦之助を見た。

その時だった。玄関の戸が静かに開いた。

一斉に振り向くと、部屋からこぼれた灯の先におひろが立っていた。

「晋平さん、おとりだなんて止めて下さい」

おひろは必死の形相で駆け寄ってきた。

「おひろ、お前には言わなかったが、私には親同然の師匠がいる。そのお方にまず、この江戸から逃げていただきたいのだ」

「それなら晋平さんも一緒に逃げて下さい。そのためのお金も、ほら、ここに……」

おひろは慌てて帯の中に手を差し込むと、布に包んだ物を晋平の前に置いた。

「十両あります。お金を渡せば、上方に帰る船に乗せてくれると聞きました」

「おひろお前は……こんな大金をどうしたのだ」

晋平は不審な目でおひろを見た。

「心配いりません。私が頂いたお金です。このお金で、先生と上方に逃げて下さい」

「おまえは行かないのか……どこまでも一緒だと言っていたではないか」

「私は残ります」

「どうして……まさかこの金……」

晋平は言葉を詰まらせた。その先を聞くのが恐ろしかった。

十両もの大金を、そうたやすく誰が飲み屋の女に貸してくれるものか。そんな事ぐらい晋平にだってわかる。

おそらく、おひろに目をつけたどこかの金持ちが、それ相応の条件をちらつかせて金を出したに違いないのだ。

――だが……。

即刻その者に返してこいと言えない苦しさが晋平にはあった。

自分のことはともかくも、師の佐竹がこの江戸で息を潜めて暮らしている話を聞いた以上、目の前の金は欲しい。

金さえあれば、おひろの言うとおり、船に隠れて上方に逃げることは可能かもしれぬ。

「おひろ……」

晋平に代わって伊織が尋ねる。

「お前は、関谷殿と離ればなれになってもいいのだな」

おひろは、顔を背けて言った。

「伊織様、あたしね、もうこの人と一緒にいるのは恐ろしくていやなんですよ。いつ何処で襲われるかわからないようなそんな暮らしはごめんなんです」

「おひろ」

晋平は不意に頭を打たれたような顔を上げ、おひろを見た。

だがおひろは、見向きもしないで言葉を続けた。

「でもあたしは、この人には借りがある。身請けしてくれたんですからね。その借りを返したい、そういう事です」

「お前という女は……」

つかみかかろうと膝を起こした晋平の腕を、伊織は強くつかんで引き据えた。

その目が、晋平の目を捉え、

「追っ手の目から逃れる事が先決だ。おひろの気持ちがわからんのか」

厳しく言った。

「よし、佐竹殿には、その旨俺が伝えよう」

弦之助は刀をつかんで立ち上がった。

七

翌夕刻、弦之助は佐竹大助に会った。

長屋に帰って来たところを捕まえたのだが、佐竹は妻の綾から弦之助夫婦がこれまでに示してくれた好意、それにこれからの身の処し方を案じてくれていることを聞かされていたらしく、弦之助が話があると伝えると、すんなり頷いた。

弦之助が佐竹大助と口をきいたのはこれが初めてである。佐竹は目が鋭いばかりか、どことなく厭世的《えんせいてき》で取っつきにくく、こんな事でもなかったら、あえて近づきたくない人物だと思っていたが、弦之助の意を受け入れた時の佐竹大助の目の表情は、質朴篤実で人なつっこく見えた。

佐竹大助は弦之助を家の中に入れた。

「父上……」

すぐに倅《せがれ》の千太郎が佐竹めがけて飛んで来た。千太郎は両手を広げて父親に抱き留めて貰おうとしたのだが、佐竹はその手を下に下ろして両手で包み、

「あとでな、父上は大事な話がある。母上と隣の土屋殿の家でしばし待っている

のだ」

厳しい顔で言いつけた。

一瞬しゅんとなった千太郎だったが、はいと返事をすると、板の間に置いてあった虫かごを持ち、母の綾と一緒に外に出て行った。

千太郎はまだ五つにも満たない幼子《おさなご》である。

弦之助の息子周助《しゅうすけ》は今年で十歳になるのだが、どうやら二人は一日中一緒に過ごしているようだった。弦之助は子供たちの繋《つな》がりを多加から聞いていた。

「綾ばかりか、千太郎も世話になっている。あの虫かごもおぬしの倅殿から貰ったと喜んでな、昨日こおろぎを捕まえてやったのだが、恩に着る」

佐竹は、向かい合うとすぐに頭を下げた。

「何、倅も弟が出来たように喜んでいるのだ。ずっとそうして暮らさせてやりたいと思っていたが、どうやらそういう訳にはいかぬらしいな」

弦之助は声を潜めて、晋平の伝言を大助に伝えた。

佐竹はまだ晋平が江戸にいたと聞き、驚いた様子だったが、逃亡の話を伝えると、

「有り難い話だが、これ以上妻子を連れ回すことは出来ぬ」

険しい顔をして言った。

佐竹は妻子に難が及ばぬように、これまでも気を配ってきたと言い、長屋で妻子と暮らさなかったのもそのためで、自分は口の堅いさる弟子の家に泊まっているのだと言った。

「さて、どうしたものかな。決行は明後日の夜だ……」

弦之助は呟いた後、

「船は大坂《おおさか》から菜種油を積んできた船だが、三日後の早朝に出航する。難波丸《なにわまる》というらしい」

おひろの話を手がかりに船に交渉したのは伊織だった。

乗船する者が追っ手をかけられている事など、むろん話してはいないが、そこはそれ、相手も何か曰《いわ》くありの者だと承知の上で、出港は早朝だが、乗船は前日の夜にすませるように指示してきたのだ。

そこで伊織と弦之助は一計を案じ、晋平の身は伊織が警護して徒歩で船着き場まで行くことにし、女子供連れの佐竹大助は、筋違橋《すじかいばし》の袂から伝馬船《てんません》に乗ってもらい、江戸湾に浮かぶ難波丸に乗船することにしたのである。

「土屋殿、頼みたいことがあるのだが……」

しばし逡巡《しゆんじゆん》していた佐竹が顔を上げた。

「綾と千太郎をある人物に託してもらえぬか」

その目は、ひたと弦之助を見据えている。

「上方には一人で参られる……そういう事か」

「実はこの長屋に入ってすぐに、その人物に手紙を届けてある。妻と倅の行く末を頼みたいとな」

「………」

「その返事を昨日貰った。上方行きの話が無くても綾と千太郎はその人物に託すつもりだったのだ。せめて二人には生きていてほしい……この私と同行していれば巻き添えを食うのは必定……」

「わかった、任せておけ。して、そのある人物とは……」

「国元の、妙見寺《みようけんじ》という寺の御坊《ごぼう》でござる」

「ほう」

「深川に、妙興寺《みようこうじ》という寺があるが、これが兄弟寺でな、妻子を妙興寺まで届ければ、そののち、上屋敷から国元に帰る久松《ひさまつ》という男が道中同道してくれて妙見寺まで送り届けてくれる事になっているのだ」

「するとなにか……俺は綾殿を深川の妙興寺まで届ければよいのだな」

「そうだ。両日中に頼みたい。さすれば私も心おきなく出立できる」

「承知した」

弦之助は頷いて、

「綾殿には話してあるのだな」

「いや、まだ知らぬ話だ」

「何」

「綾はこの際離縁するつもりだ」

「そうか……」

苦しい選択を迫られているのだと思った。佐竹大助の胸中察するに余りある。

「早速これまで宿を貸してくれた弟子に暇乞《いとまご》いをして参る。土屋殿恩に着ます」

佐竹は律儀に頭を下げて立ち上がると家を出た。

弦之助も一緒に表に出て、軒下から佐竹を見送った。

月明かりの中を佐竹は力強い足取りで木戸の外に消えた。

だが、弦之助が自分の家に入り、綾に佐竹が出かけた事を告げていたその時、

「土屋の旦那、たいへんですぜ」

長屋に住む政吉《まさきち》という雪駄《せった》直しが飛び込んで来た。

一見してどこかで呑んできたのがわかる顔だが、その顔が極度の緊張で引きつっている。

「どうしたのだ」

「佐竹の旦那が大勢のお侍に囲まれやして」

「何、何処だ」

「妻恋稲荷《つまごいいなり》の前です。き、斬り合いです」

弦之助は、最後まで聞かずに飛び出した。

「あなた……」

後ろから綾の声が追っかけて来た。

しかし、木戸の表から妻恋稲荷に駆け込んだ弦之助は、そこで立ちすくんだ。

月明かりの境内の中に、十数人の侍たちに刃を突きつけられて取り囲まれた佐竹を見た。

弦之助は柄に手をやったが、佐竹が目の端に弦之助を捉えて首を横に振った。

振ったといっても目玉を左右に動かした程度のものだが、弦之助には大助が近づくのを牽制《けんせい》しているのがわかった。

なにしろ多勢に無勢である。

侍たちは覆面の男を除き、皆股立《ももだ》ちを取り、襷《たすき》をかけ、鉢巻きを巻き、有る者は大刀を抜き放ち、有る者は槍《やり》を構えていて、佐竹も大刀を抜いて両手を広げるようにして周りを睨み据えているのだが、佐竹の胸元一尺のところまで三本の槍が伸びて一歩も動けぬ有様である。

門弟を多数抱えた竜仙閣の師であった剣客佐竹だが、闇で不覚を取り、多勢に押されてすでに勝負はついたものと思われた。

「あなた……」

悲痛な声を上げ、追っかけて来た綾が前に出ようとしたその腕を、弦之助はむんずとつかんで首を横に振ってみせた。

「ああ……」

綾がくずおれるその先で、佐竹は目の前の男たちを見据えて言った。

「広岡藩の者だな。主家に後ろ足で砂をかける広岡藩の忘恩の裁きのみならず、老中の力まで借りて我々を捕縛し、盛山藩を窮地に陥れようと画策していることは天地も承知だ。きっと罰を受けようぞ」

すると、覆面をした男が、佐竹の前に進み出て言った。

「言いたい事はそれだけか。佐竹大助こと小宮山栄之進、参勤の行列を狼藉《ろうぜき》した罪で捕縛する。刀を捨てろ！」

すると、槍三本が喉元一寸までぐいと押し寄せた。

佐竹は、弦之助の方をちらと見た後、刀を放り投げた。

縄を打たれ、侍たちに囲まれて妻恋坂を下っていく佐竹を、弦之助は綾と見送った。

綾は見送りながら呟いた。

「夫が不覚をとったのは、わたくしと息子のせいです。この江戸まで夫を追いかけて来た事を後悔しています。私たちがいなければ、今頃どこかに逃れていたに違いありません。夫の、足かせ手かせになってしまいました……」

「そんな事があるものか。綾殿がいてくれて心強かった筈だ。男の俺が言うのだから間違いない」

弦之助は慰めるように綾に言った。

伊織が晋平を訪ねた時、晋平は布団を羽織って薄暗い部屋の中で盃を傾けていた。

昼間とはいえ雨戸を引き回している家の中は暗く、明かりは戸口の腰高障子を通して差し込む淡い光だけである。

おひろが十両の金を置いて出て行ってからは、晋平は一人で暮らしていた。竈の火もとうに絶え、晋平が今抱えるようにして座っている長火鉢の火も、弱い火を放っていた。

米や味噌など食材も、出航するまでの間不自由のないように、おひろが置いて行った筈なのだが、晋平はそれに手をつけた気配も無かった。

月代《さかやき》も伸び、鬢《びん》もほつれて、髪がぱらぱらと頰に落ちているのもお構いなしに、目だけを光らせて盃を傾けていた。

「呑むのはいいが、ほどほどにしろ」

伊織が側に座って声をかけると、

「酒しか喉を通らぬのだ」

晋平は苦笑して言った。

晋平は昨夜《ゆうべ》から熱が少しある。食欲はなく寒気がして、酒で体を温めていたのである。

「大事な体だ、体力をつけておけ」

伊織は注意を与えてから、

「佐竹大助が捕まったぞ」

静かに言った。

「いつです……」

晋平の顔は蒼白《そうはく》になった。

「昨夜のことだ。弦之助と話をした後、隠れ家に引き返そうとしたところを、多勢に襲われたらしいのだ」

「先生が……捕まった……」

「落ち着いて聞いてくれ。流石《さすが》の弦之助も手も足も出なかったと言っていた。駆けつけた時にはもう、佐竹殿は広岡藩の掌中に落ちていたのだ」

昨夜弦之助から聞いた話をして聞かせた。

「先生が捕まった……」

晋平はもう一度呟いた。そしてその目に狂おしいほどの怒りが満ちるのを伊織は見た。

「晋平殿」

伊織は首を横に振ってその怒りを制すると、

「いいか、おぬし一人だけでも逃げるのだ。佐竹殿もそれを望んでいる筈だ。明晩俺がここに来るまで動くんじゃないぞ」

激した晋平の心を押さえつけるように言った。

だが晋平は、激しい怒りと動揺をむき出しにして、

「伊織殿、先生を捕縛したのは松崎だ。広岡藩の目付に違いない」

「松崎与左衛門……」

「松崎を知っているのですか」

晋平は意外な顔をした。伊織の口からその名が飛び出すとは思ってもいなかったようである。

「弦之助が調べてきたのだ。奴らは竜仙閣を見回っていた」

「そうです」

晋平は唾を飲み込んで頷くと、松崎は晋平たちが竜仙閣を出る半月前から道場に偵察に来ていたのだと言った。

松崎は道場を格子戸越しに覗いていたが、蛇のような目をした男で、晋平はぞっとしたらしい。

松崎は一度ならず翌日もやってきて、食い入るように見詰めていた。

体つきからして年の頃は四十半ば、竜仙閣に入門したくてやって来た者じゃない事はすぐにわかった。

そこで師の佐竹に言われて晋平が調べてみたところ、広岡藩の目付とわかり、刺客の手が伸びてきた事を察した佐竹は、即刻竜仙閣を畳むことにしたのであった。

「このまま、先生をとられたまま、逃げられるものか」

「晋平殿……」

「先生は私にとっては親も同然の方なんです。親を見捨てて逃げるなど鬼畜にもおとる行い……私は三年間で、どこまでも先生について行くと決心したのです」

晋平は憑《つ》かれたような顔で話を始めた。

三年前のこと、晋平は城下の盛り場で悪友たちと酒を呑み、携帯していた金を使い果たして途方にくれた。

額にして一両二分……その金は、父に頼まれて小間物屋に燭台《しょくだい》と見台を引き取りに行く金だったのだ。

晋平の父親は書物蔵を預かる中級武士だった。

年中お城の蔵書を管理する係なのだが、職業柄か非番の日も自室に籠《こ》もって本を読む程の本好きだった。

父親にとって常に時を共にする燭台と見台は何より大切な道具であり、側に置いても満足のいく燭台と見台を手に入れたいものだと常々考えていたらしい。

そこへ長年勤務による奨励金が下賜された。

金額は一両。父親はその金で、かねてより欲しいと思っていた真鍮《しんちゅう》の燭台と、飛騨《ひだ》の木で作った見台を注文したのである。

その二つの品が出来上がったと小間物屋から連絡があり、晋平が使いに出されたのであった。

晋平には滅多に口をきかない父が、大切な品を取りに行ってくれという。

晋平は嬉しかった。なにしろ晋平は関根家の次男坊で冷や飯食いの存在だった。

父も母も期待するのは三つ上の兄ばかりで、晋平は親に忘れられた存在だった。

長じるごとにその鬱積《うっせき》は募り、いつの間にか次男三男ばかりで集まる仲間の一人となっていた。

小間物屋に行く道中にその仲間に出会った晋平は、持参していた金を酒代に強要されたのだった。

一文無しになって初めて家に帰れないと悟った晋平は、あろう事か行きずりの商人の懐を狙おうとしたのである。

場所は岡場所と商人町を結ぶ幸橋《さいわいばし》という橋の袂だった。

酔っぱらってやって来た商人を襲うために、身を隠していた河岸の地の荷物の陰から飛び出そうとした晋平は、その腕をつかまれて振り返った。

「どこまで墜《お》ちるつもりなのだ！」

晋平を一喝したのは小宮山栄之進、つまり竜仙閣を開いた佐竹大助だったのだ。

小宮山はこの時にはもう、城下に道場を開いていた。

こんこんと小宮山に諭《さと》された晋平は、小宮山が遠い未来を見詰めて日々研鑽《けんさん》していることに感動した。

それは小宮山自身が次男坊だったという事と無関係ではなかった。

晋平はその後、蝦夷地防御の重要性と、それが為に心身を鍛《きた》える事を説く小宮山の下《もと》で修行を積んだ。むろん一両二分の金は小宮山が出してくれたのは言うまでもない。

「先生がいなかったら私はまっとうな人間にはなれなかった。あのままだったらきっと罪を犯して牢屋《ろうや》に繋がれ、親父の立場を窮地に陥れていたに違いないのだ……」

晋平は話し終わると、刀をつかんだ。

「何をしようというのだ」

険しい顔を伊織が向けた。

「今話した通りだ」

「馬鹿者！」

伊織が晋平の頬を張った。

「何をする」

頬を押さえて、きっと見返した晋平に、伊織は静かに言った。

「わからんのか……佐竹さんの心が……」

「…………」

「おひろの気持ちも無にするのか」

「おひろ……おひろはもう私を見限った」

「馬鹿な、分からんのか。おひろはな、おぬしの為を思ってあんな事を言ったんだ」

「ふん……」

晋平は伊織の言葉を跳ね返すように冷笑した。

「よく聞け。本当はどこまでも一緒に行きたい筈だ。しかしそうすればおぬしの足手まといになる、そう思ったのだ。だから冷たい事を言って、おぬし一人で行かせようとしているのだ」

「まさか……」

「そんな事もわからん唐変木か……いや、おぬしにはわかっている筈だ。あの金は、おひろがどんな思いをして作ったのか……」

「………」

「もう一度言っておく。佐竹殿に恩を感じているのならなおさら、俺がここに迎えに来るまで動くでない。よいな」

八

「伊織様、お藤です」

戸口で声がする。

「入ってくれ」

伊織は、竈の熾《おき》を竹の棒で掻き出しながら声を上げた。

味噌汁をようやく煮たところだが、煙が目にしみる。

そろそろ夕の七ツ、夕飯には少し早いが腹を満たして、晋平のために握り飯でも持っていってやろうかと考えていたところだった。

今夜晋平を船に乗せて大川を下り、沖に停泊している難波丸まで届けるためだった。

伊織は目をしょぼしょぼさせながら、入って来たお藤をひょいと見て驚いた。

お藤は後ろに、髪を振り乱し、蒼白の顔をしたおひろを連れていたからである。

「どうしたのだ……」

伊織は首をのばして、直接おひろの顔を見た。

「旦那……」

おひろは、へなへなとそこにくずおれた。

「伊織様、おひろさんの話では、晋平様は襷鉢巻きで、出て行ってしまわれたというのですよ」

お藤がおひろに代わって言った。

「何……」

「あたし、晋平さんのお師匠さんが捕まったって聞いたものだから……それで心配になって駆けつけたんですが、丁度刀をつかんで家から走り出たところだったんですよ」

おひろは、おろおろした顔で告げた。

「何処に行くと言っていたのだ」

伊織は鍋の柄を片手に持って立ったまま訊いた。

「何もおっしゃいませんでした。でも見当はつきます」

「まさか一人で広岡藩の藩邸に乗り込んだのではあるまいな」

「浅草《あさくさ》にある永福寺《えいふくじ》です、きっと……」

「浅草の永福寺……」

「新寺町《しんてらまち》にあるようです。東本願寺《ひがしほんがんじ》の近くだと言ってました。永福寺では毎月十日の夜に俳句の会を開いているらしいが、あの男もそのたびに出かけているようだって、晋平さん言ってた事があるんです……」

――あの男……。ひょっとして広岡藩の目付のことか――。

伊織はふと気付いて、

「今日は何日だ……」

「十日です」

お藤が言った。

「旦那、助けて下さい。あの人を助けて下さいまし」

おひろは手を合わせる。

「暫時待て」

伊織は慌てて、冷飯に汁をぶっかけ腹に流し込んだ。

刀をつかんで表に飛び出し、御成道を北に向かった。

御成道には薄い霧が動いていた。

天気が良い日はこの時節、白い風が通り抜け、路の両端に見える紅葉《もみじ》や柿や、銀杏《いちょう》の木が色づいた様子を見せてくれるのだが、霧のために模糊《もこ》として映っている。

——雨になるかな……。

ちらと天を仰いで足を速めた。

人通りはめっきり少なくなっていた。

下谷《したや》広小路から山下に入り、そこから寺町に入った時には、人の行き来は絶えていた。

霧はさらに深くなっていたのである。

伊織は、注意深く左右の寺の門前に視線を配りながら歩いた。

――やっ。

伊織は、霧の路の向こうに視線を投げて息を呑んだ。

寺の門前で覆面の男と対峙《たいじ》する男が見えた。

晋平だった。二人とも刀を抜きはなっている。

「お前の命と引きかえに先生を返して貰いたい」

晋平の声がした。

「ふっふっ、飛んで火に入るとはお前の事だ。おい」

覆面の男が後ろに声をかけると、ふいに霧の中に数人の男が現れ晋平を取り囲んだ。

「待て、待て待て」

伊織は、一行の中に走り込んだ。

「何故自分を大切にせぬ」

伊織は晋平を一喝すると、

「この者は私が貰って行く」

晋平の前に出て伊織は覆面の男に言った。見覚えがあった。竜仙閣で見たあの人物だった。

「誰かは知らぬがそうはさせぬよ」

覆面の男は言い、顎をしゃくった。

するといきなり、左右から土を蹴る異様な音と空を裂く凶刀が伊織と晋平に殺到してきた。その刃を跳ね上げながら、伊織は叫んだ。

「逃げろ！」

「嫌です。一矢報わねば治まりません」

晋平は、襲ってきた男と鍔《つば》を合わせたまま叫んだ。

だが、次の瞬間、晋平は吠《ほ》えるような声を上げた。

「晋平！」

斬りむすびながら振り返ると、晋平は肩口を斬られたようで、切り取られた袖が垂れ下がっている。

伊織はするすると晋平の側まで歩み寄ると、

「一緒に来るのだ。馬鹿な考えは捨てろ。お前が逃げることが、この者たちにとっては一番の痛手だという事がわからぬのか」

厳しく言い、

「行くぞ」

有無を言わさず念を押すと、踏み込んで来た男の刀を払いのけ、晋平を背に回して東側に退路を開けた。

その時だった。

「ピーチュル、ピーチュル」

鳥の声が聞こえてきた。

「長吉か……」

伊織の顔に光が差し込んだ。

長吉は鳥の声でいざという時に知らせてくる。

「ピーチュル、ピーチュル」

鳥の鳴き声は霧の向こう、新堀川《しんぼりがわ》に違いなかった。

──長吉が舟をこちらに回してくれたのだ。

今夕伊織と長吉は、晋平を諏訪町の河岸から舟に乗せることになっていた。そこから大川を下って難波丸に乗せようと考えていた。

その舟を、長吉がここまで回してくれたに違いない。

「あの鳥の声に向かって走れ、俺もすぐ行く」

伊織は大手を広げて立ちはだかり、晋平の背を押した。

よろめきながらも晋平が闇に消えると、伊織は憮然《ぶぜん》として立つ覆面の男に言った。

「そなたも武士なら盛山藩の無念、わからぬ筈はあるまい。これ以上ことを起こすと、たとえさる御老中が肩入れしようとも、誰も共鳴はせぬ。かえって不利になるぞ」

覆面の男の目が、きらりと光った。

「何奴」

「ただの浪人だ。死にたくなければ引け」

油断なく構えたまま睨み据えた。

「引け」

覆面の男が手を上げて言った。

瞬く間に刺客たちは霧の中に消えた。

伊織は踵を返すと新堀川に走った。

「ピーピーピーピー」

きくや橋を渡ろうとした伊織は、橋の下から鳥のさえずりを聞いた。

「長吉……」

霧のもやっている中に、猪牙舟《ちょきぶね》と、手を振る長吉を見た。

急いで橋の袂の石段を下りると、ぴょんとおひろが舟から下りてきた。

「旦那、恩に着ます」

おひろは、ちらと後ろを振り返って言った。

そこには肩を手ぬぐいで巻いた、歯を食いしばって座る晋平が見えた。

「この舟で永代橋《えいたいばし》まで出て、そこからはしけに乗り換えて難波丸に行きます。土屋様が永代橋で伝馬船と待ってくれている筈です」

長吉が言った。

「おひろ、お前が乗っていきなさい」

伊織は振り返っておひろに言った。

猪牙舟は船頭を入れて三人が限度、それ以上乗せたら舟は自由には動かぬのだ。

「いいえ旦那、旦那が乗って行って下さい。あたしが乗り合わせても何の役にも立ちませんもの」

「いいのか……」

「はい」

おひろは頷くと、舟の中の晋平に、

「晋平様……どうぞ、おすずかに……」

盛山弁で別れを告げた。

「おひろ……」

晋平の表情が動いた。哀しげな目で見ている。

舟が動き出した。

おひろは岸辺を移動しながら呼びかける。

「おはやがんす……おばんでがんす……」

霧に足を取られたか、おひろは足がもつれてそこに座り込んだが、それでも涙声で呼びかけた。

「ありがとがんす……」

おひろの声がすすり泣きにかわった。

「おひろ」

晋平が立ち上がろうとしたが、大きく舟が揺れて硬直する。

「あぶねえ！」

長吉に叱られて晋平は浮かしていた腰を据えた。

既におひろの姿は霧に包まれていた。かすかに輪郭がわかるだけだが、声だけは送ってきた。

「おめはん、どこさおでるのす……晋平様、ご油断なく……ああ」

声はそこで絶えてしまった。

「すまぬ……」

晋平は霧の向こうに頭を垂れた。その肩が激しく震えている。

伊織は黙って、その肩に手を置いた。


「吉蔵……」

伊織が吉蔵が座す筵に近づいた時、吉蔵は熱心にお記録をつけていた。

「精が出るな、親父さんは」

もう一度声をかけると、

「これは伊織様……」

吉蔵は顔を上げると、

「世の中は侮れませんな、今になってではございますが、私もつまらぬ考えをしたものです」

後悔しきりという顔をした。

「何のことだ」

「見届けを中止しようなどと申しましたが」

「ああ、その事か」

「はい。今日も両国と日本橋、それに浅草にも落首があったそうでございます」

「ほう、お上を非難する落首だな」

「はい。それと姑息《こそく》な藩だと広岡藩をそれとなく……みな先の事件は元禄の赤穂《あこう》と同じだ、忠臣蔵だと声を上げて非難しています。お上はいったい、佐竹大助様をどうなさるのでございましょうか」

吉蔵は言い、酒をぐびと飲み干した。

晋平を船に乗せて逃亡させてから二十日が経つ。

その二十日の間に佐竹大助こと小宮山栄之進は、広岡藩から公儀の手に移されて、今小伝馬町《こでんまちょう》の揚がり屋に入れられている。

評定所《ひょうじょうしょ》で磔《はりつけ》獄門が早々に決まったものの、御府内一円に御公儀と広岡藩を非難する声が大きくなってきたからである。

それで御公儀も処刑を見合わせているようなのだが、忠義の武士を殺してなるものかと落首は日ごとに多くなる。

吉蔵はその事を感心して言ったのである。

たとえ武士の世の中とはいえ、町民の声を無視することは出来ぬ。

「しかし、お上はいったん決めた磔獄門を撤回することはあるまい」

「はい。私もそう思います。綾様も気丈にも、夫の最期を見届けて、出来ればその遺骸を引き取って後に国に帰るのだと申されて……」

「まだ出立していないのか」

「土屋様が深川の妙興寺まで綾様を送っていかれましたが、その時に土屋様にそのように……」

「そうか……」

伊織は大きくため息をつき、吉蔵の書きかけのお記録を取り上げた。

佐竹大助一件――。

今度の事件の書き出しだった。

「伊織様」

先を読もうとした伊織に、吉蔵が言った。

「広岡藩主津島様がご隠居なさるそうでございます」

「まことか」

「はい。あまりの非難に恐れをなしたのでございましょうな」

「そうか」

頷いたものの伊織の脳裏には、悔し涙を流しながら舟で逃亡した晋平の顔がいまだに思い出される。

あの時、晋平は、

「礼を申すのが遅くなったが、おひろに貴殿が持たせてくれた鮎の味は忘れぬ。あれはおひろと食した唯一のぜいたくでござった」

別れぎわにそう言ったのだ。

晋平のこの先を思うと胸に迫るものがあった。

また一方で、綾と千太郎親子、おひろのこの先も案じられる。

せめてこのたび別れ別れになった者たちが歩む霧の路のその先に、柔らかい一条の光のある事を願うばかりだ。

伊織は、黒々と光る吉蔵の筆の跡を追った。

第二話　猩《しよう》々《じよう》

一

回向院《えこういん》本殿横にしつらえられた仮の舞台には、四隅にかがり火が燃え、着飾って集まってくる人々の心を、一足飛びに幽玄の世界にいざなっているようだった。

なにしろ近頃京の都で評判の『猩々の舞』があるというのである。

舞うのは赤毛の双子の兄弟で、神楽《かぐら》仕立ての舞だと言う。

しかも二人の名は『猩寿《しようじゆ》』『猩美《しようび》』と言い、何でも母親が山中で猩々と交わり儲《もう》けた子だという猟奇的な噂が喧伝《けんでん》されている。

上方では堂上方に招かれて何度も披露し、やんごとなき人たちからも愛されているといい、神秘的という評の上に、悪霊退散、難病快癒の霊験あらたかだという尾ひれまでついているのだ。

両国の東詰では常々見せ物小屋が立ち、人々の評判を呼んでいる訳だが、今度の『猩々の舞』は単なる物珍しさというそんな類《たぐい》のものではない。

吉蔵も興味をそそられて、早速お記録に残すべく腕まくりをしたものの、噂には尾ひれが多すぎて、正体不明なまま筆を取るわけにもいかない。

そこで猩々舞見物を考えたのだが、もとはと言えば伊織とお藤に頼んでいた事だった。

ところが伊織に秋月家から使いが来た。急遽《きゅうきょ》伊織はその使いの者と屋敷に帰って行ったものだから、吉蔵の出番となったのである。

吉蔵とお藤は、夕暮れを待って回向院に入った。

まずその目に飛び込んできたのは、境内《けいだい》を本堂に向けて走る石畳の両端に掲げたぼんぼりだった。

その灯が、舞台に向かってざわざわと歩む人々を照らしていた。

心躍る景色である。

「おじさま、早く……」

お藤は足早に歩を進めては、時折振り返って吉蔵を促した。一刻も早く舞台に近い席を確保したいという気持ちがあったのだ。

「あわてなくてもよい。木戸銭はたっぷりはずんである」

吉蔵は首には襟巻き、片手にちゃっかり酒とっくりをぶら下げて、ゆっくりと雪駄を鳴らして歩いてくる。

吉蔵の太った体では、やはり動作は緩慢である。

「ああ、じれったい」

お藤はまた立ち止まって吉蔵を待ち受けた。

前日までにあらかじめ特別の木戸銭を払って、舞台の見やすい席を記した特別の札を貰っていたのだが、押し寄せて来る観客を見て、お藤は不安になったのだ。

お藤は、吉蔵の袖《そで》を引っ張るようにして人混みを分け、ようやく札にある番号の席に着いた。

まもなく鼓打ち笛吹きの囃子《はやし》方が舞台に上がった。

吉蔵は早速とっくりを傾ける。

「おじさま、ほどほどになさって下さい。酔っぱらいを連れて帰るのはゴメンですから……」

お藤が憎まれ口を叩いたその時、笛の音《ね》が響いた。

ざわめいていた客席が静まると、二人の舞《おど》り子が橋がかりを渡って来た。

二人は年の頃十二、三と思われた。もうそれだけで愛らしい。

『猩々』という能では面が使われるが、二人は面はつけず、鮮やか緋色の長い髪、それに烏帽子《えぼし》をつけた水干《すいかん》姿で、緋の袴《はかま》を着けている。

そして片手に鈴、もう片手には舞い扇を持ち、顔をその扇で隠すようにして、するすると舞台の真ん中に進み出て来、はらりとその扇を払った。

色白の目鼻立ちも涼しげな猩々には、まだあどけなさが残っていて、観客は一瞬にして魅了された。

静かに笛と太鼓の囃子が始まると、二人は涼やかな声で歌いながら踊り始めた。

すべ神は　よき日祭りつ　明日よりは
八百万代《やおよろずよ》を　祈るばかりぞ
鶴も亀も　亀も鶴も　鶴亀群れて　舞遊べ
遊べや遊べ　舞遊べ

すべ神の　今朝の神上《かみあげ》に　あふ人は
千歳《ちとせ》のいのち　ありといふなり

鶴も亀も　亀も鶴も　鶴亀群れて　舞遊べ
遊べや遊べ　舞遊べ

時々、華やかな立ち回りとともに、鈴がシャン、シャンと鳴り響く。

「おじさま、なんて愛らしくて美しいのでしょうね」

お藤はうっとりした目を吉蔵に向け、

「でも……」

その顔を曇らせて言った。

「あの二人の、おっかさんという人は、いったい今頃どうしているのでしょうね」

「さあてな……」

吉蔵は思案の眼をちらと投げて口を噤《つぐ》んだ。

二人がなぜ神楽舞をする事になったのか、母親はどんな女だったのか、吉蔵にとってこのネタは大衆受けする格好のものだった。いかにしても見届けて記録に残したいものだと考えている。

しかしお藤は、そんな事よりも二人の身の上が気になるらしい。

「あんな可愛い坊やが、猩々の申し子とか言われて好奇の眼にさらされながら懸命に生きていると思うと……」

袖でそっと涙を拭う。

そんな仕草《しぐさ》を見ていると、弦之助に遠慮のない口を聞き、吉蔵にまるで母親か女房のごとく厳しい物言いをする女だとは思えない。

もっともお藤も、伊織にだけは態度が違うと吉蔵は思っている。その心の内に何を秘めているのかわかっているが、所詮《しょせん》は身分違い。可愛そうだがお藤には、しかるべく婿でもとらせて店を任せようと考えている。

そうでなくともこのところ、秋月家から何度も呼び出しがあるのは、ひょっとして見届けなど頼めない話になっているのかもしれぬのだ。

吉蔵は、舞台を見詰めるお藤の横顔に言った。

「お藤や、もっと詳しくあの子たちの事を知りたいと思わないか」

「えっ、おじさまはご存知なんですか」

「いやいやわしも知りませんよ。知らないから話を聞かせてもらおうかなと」

「あの二人から？」

「まさか。お前は覚えていないか……一昨日《おととい》わしがお記録をしている店先に立ったお人だよ」

「ああ……」

お藤は思い出した。

一昨日の夕、お藤がお客を送り出した時の事だった。

お記録を仕舞いかけていた吉蔵の前に、旅姿の商人風の男の人が立ち、叔父と笑顔で言葉を交わしていたのをちらと見ていた。

「まあ、じゃああの人も」

叔父に情報をもたらしてくれている一人かと聞き返すと、

「そうだ、遠国の風聞を運んで下さっているお一人だ。あのお人なら知っている筈だ」

「是非私も……」

お藤は手を合わせた。


その頃伊織は、秋月家の自室の縁側に立ち、月夜に映《は》える白菊の一群を眺めていた。

それは庭にある池の端《はた》に見える。亡き母が丹誠を込めて育てていた菊だった。

水やりさえ怠らなければ菊は根を張り年々株を増やしていく。菊の色は白だけではなく、黄色や桃色の株もあった筈だが、夜目には白ばかりが瑞々《みずみず》しい姿をみせている。

――嫂《あによめ》の華江が水やりをしてくれたのだ……。

伊織がこの部屋で暮らしていた頃には、水やりはいつの間にか伊織の仕事になっていたのだ。

「美しく咲きましたでしょう」

後ろから華江が呼びかけた。

「姉上」

伊織は振り返った。

「あの花はお母上様の形見ですものね」

華江は、伊織の横に来て並んで眺めた。微《かす》かに香《こう》のかおりがする。

「すみません、世話をして下さったのですね」

「随分水臭いことをおっしゃって、あなたらしくありませんよ」

嫂はくすりと笑うと、

「殿様がお帰りになりましたよ」

そう告げると、長い着物の裾をさばいて伊織を従え、忠朗の待つ部屋に入った。

「やっと帰ってきたな。そこに座れ」

兄は顎でその座を指した。着流し姿でくつろいだ格好だが、相変わらず硬い顔をしている。

いったいに目付というお役は、余程骨のおれるものなのか。家に帰って来た時ぐらい、ゆったりとくつろいだ暮らしをすれば良いものを、いつもしかめ面《つら》の顔である。

「いったい何の御用でしょうか」

伊織は、神妙な顔をして座った。にたにたしていたら何を言われるかわからない。

「まずひとつ、お前はいったいだるま屋で何をしているのだ」

厳しい目で訊いた。

「何をといわれても、ご存知の通りの記録屋の見届けですが」

「見届けなら良いが、幕府や藩が絡んだ事件にまで首をつっこむな」

「…………」

伊織は口を閉じた。

兄は先月伊織たちが関わった陸奥の国に関わる事件の事を言っているらしい。

あの事件の決着は、あのあと佐竹大助こと小宮山栄之進は小塚原《こづかっぱら》で処刑になったが、一方広岡藩の藩主津島重勝は幕府から無言の圧力があったと見えて隠居に追い込まれた。

一応の決着はみたのであるが、兄の忠朗にしてみれば、幕府の内部に少なからず波紋を呼んだ事件だけに、どこからかだるま屋が調べていたとの噂を聞き、一《ひと》言《こと》伊織にお灸《きゅう》をすえねばと考えたらしい。

それにしても良く調べているものだと黙って聞いていると、

「万が一何か不都合な事があったら、わしの首が飛ぶ。危ない話に首をつっこむのならもう止めろ」

厳しい口調で言った。

「わかっています。兄上にご迷惑のかかるような事は致しません。お話はそれだけですか」

「何だ、その言いぐさは、大事な話がもうひとつある」

忠朗は、こほんと小さなせきをした。

伊織は顔を上げて兄の顔を見た。

「他でもない。お前もそろそろ妻帯せねばのう」

忠朗の顔が俄にほころんだ。

伊織が少年の頃の、兄がまだ目付などという大役を仰《おお》せつかっていない頃の顔だった。

伊織は一瞬きょとんとしたが、苦笑して言った。

「養子の口でも見つかったのでしょうか」

「養子に行きたいのか……」

「いえ、そういう訳では……養子にでも行かなくては妻を得ることなど叶《かな》いませんん」

「この家に妻を迎えてはどうかの」

「この家に、ですか……しかしそれは」

「冷や飯食いとしてではないぞ。秋月家の跡取りとして嫁を貰うのだ」

「兄上……」

伊織は驚愕して兄を見た。

秋月家の跡取りとしてという言葉には、兄の養子になる事を含んでいる。

兄は自分たち夫婦の間に子が出来ず、悲観しているのだと伊織は思った。

兄は妾を持たない主義だ。

伊織と忠朗の父は何人も妾がいて母が苦労をしたと聞いているから、その反動かもしれなかった。

とはいえ、兄は四十路《よそじ》に入ったばかり、嫂は三十半ば、ひょっとしてこれから子が授かるかもしれないのだ。

伊織がそんな事を考えていると、

「華江にはもう子は無理じゃないかと医者が言ったそうだ。それならお前を養子にしたいと華江が乗り気でな」

忠朗は側で座す華江を見遣《みや》った。

釣られて伊織も顔を向けると、

「何もいますぐにとは申しません。良くお考えになってご返事下さい。私たちの養子になるのがお嫌なら、どこかに養子に参らねば。あなたもいつまでも浪人のような暮らしは出来ませぬよ。秋月家の殿様の御次男としての体面がございますから……」

華江は微笑んで言い、伊織に念を押すように頷いた。

「しかし……」

言葉を失った伊織に、

「しかしもかかしもあるものか。この兄のいう通りにすればいい」

「…………」

「お前まさか、だるま屋の娘とのっぴきならない仲になっているのではあるまいな」

「…………」

伊織は苦笑した。まさかそんな事までこっそり調べているのかと思うと、たとえ当てずっぽうの憶測の話とはいえ反発心が起こる。

「その顔では心配はいらぬようだが、お前のことはお見通しだという事を忘れるな」

忠朗は有無を言わさぬ口調で言った。

二

翌日伊織は、筋違橋の袂《たもと》から屋根船に乗り込んだ。

「もう一晩ぐらいよろしいではありませぬか、久しぶりにご一緒にお食事をなされませ」

嫂の華江は言ってくれたが、

「ご紹介したい人がおります。紅葉を愛《め》でながら一献傾けましょう」と前日吉蔵から誘われていたのである。

——吉蔵が何も無くて、ただの紅葉見物に誘う筈がない。

そう思って船に乗り込んだが、やはりというか、船には吉蔵とお藤と、見知らぬ四十前後の武士が乗り込んでいた。

武士は着流しだった。くつろいだその出で立ちとは裏腹に、伊織と合わせたその目は鋭く、体軀《たいく》は日焼けして筋肉には無駄がなかった。尋常の武士にはない緊迫感が体から醸《かも》し出されている。

「ご紹介しましょう」

吉蔵は膝を正すと、

「こちらは来栖《くるす》半之丞《はんのじょう》様と申されます。御広敷のお役人です。ご存知の通り、私は昔御広敷におりましたので、それからのご縁で遠国の話など教えていただいているのです」

まず伊織にそう言って男を紹介し、

「来栖様、こちらは秋月伊織様と申されます。私を大いに助けて下さっているお方でございます」

来栖に言った。

——御広敷役人……そうか、御庭番か……。

と伊織は思った。

御庭番の表向きの職務は御広敷にある。御目見《おめみえ》以上では両番格、小十人格は御広敷用人の支配下にあり、それ以下の添番《そえばん》と添番並は御広敷番之頭の組にあって御広敷留守居の支配下にあった。

ただし、表面上の支配はそうでも、それは仮の姿であって、実質の命は中奥《なかおく》の長官御側御用取次《おそばごようとりつぎ》から直接指図を受けていたのである。

吉蔵などは正真正銘の御広敷小役人だったと聞いているが、目の前にいる武士は、間違いなく歴《れっき》とした御庭番に違いなかった。

——吉蔵め、どこまで人脈を張りめぐらせているのやら。

ちらと来栖半之丞に目を遣ると、来栖もさりげなく伊織を測るような視線を送ってきた。

「伊織様、実は来栖様は先日遠国から帰って来たばかりでございまして、それも西国、あの猩々の兄弟とも無縁ではなかったとお聞き致しました。それで、是非にも話をお聞かせ頂きたい……そうお願いしたのでございますよ」

吉蔵は半之丞に顔を向けて微笑んだ。

「ともあれ一献……」

吉蔵は伊織と半之丞に酒を注いだ。

それを待っていたように、お藤が風呂敷を解いて四段重ねの重箱を取り出して広げた。

色鮮やかな料理がぎっしりと詰まっている。

「ほう、誰に手伝って貰ったのだ……」

伊織は重箱から顔を上げると、冷やかした。

「嫌な伊織様、私がつくったんです」

お藤はぷっと膨れてみせたが、

「お味はまあまあだと思いますよ。どうぞ召し上がって下さい。こちらは筍羹《しゅんかん》、塩漬けにしていたのを三日三晩水にさらして塩気を抜いて炊きました。そしてこれは伊織様好物でしょ、さくら煮……こっちのこれも伊織様はお好きでしょ、ふくら煎りです」

「おいおいお藤、これは来栖様のために用意したのではなかったのか」

吉蔵が苦笑する。

「いやいや私も大好きです。久しぶりの江戸の味です」

半之丞が笑った。人なつこい笑みである。

筍羹は筍の煮物、さくら煮は蛸《たこ》を薄く切って煮つけたもの、ふくら煎りはアワビの煮たもの、別のお重には珍しいちくわやかまぼこなども入っている。

「ほう、なるほど、なかなかの味だ」

半之丞はひとつ口に運んで舌鼓を打った。

「どうぞこちらもお召し上がり下さいませ。卵を芯にして巻いてありますから」

お藤は嬉しそうに海苔《のり》巻きを差した。

「どんな味やら、暗闇で鍋をつつく楽しみに似ておりますが……伊織様もどうぞ」

吉蔵も冗談を飛ばして伊織に勧めた。

「はっはっ」

伊織は声を出して笑った。普段お藤から差し入れをして貰っている伊織は、お藤の料理に当たり外れがある事は良く承知している。

だが、ちらと見たお藤の頬が膨れるのを見て黙って食した。

今日のはなかなかの味だった。

ふっと伊織の脳裏に、昨夜兄から聞いた養子縁組の話が浮かんだ。

——そういう事になれば……。

伊織は、目の前で、皆の反応に期待を込めて見詰めるお藤に、ちらと視線を流した。

お藤と目があった。だが何も知らないお藤は、ふっと優しい笑みを伊織に送って、今度は来栖の手元を見ている。

まるで寺子屋で師匠の答えを待つ小娘のように見える。武士でなければ、いや、秋月隼人正忠朗の弟でなければ、伊織はお藤ともっと気安くつきあえたかもしれぬ。

「伊織様……お口にあいませんか」

吉蔵が言って笑った。

「いやいや、珍しくうまい」

伊織は笑ってお藤を見た。

「いじわるね」

お藤は睨んで寄越したが、その視線には甘えたものが感じ取れた。

男三人はしばらく船に揺られながら食事を楽しんだが、お藤はその間、昨夜見た猩々の舞の美しさを伊織と来栖に告げた。

ただ、確かに舞は素晴らしかったが、ひときわ人の目をひいているのは兄弟の異人のようなあの緋色の髪である。尋常ではないその髪を見せ物にして……そう考えると、好奇の眼に晒《さら》されているあの兄弟が哀れでならない。お藤はそう言って顔を曇らせた。

来栖半之丞は酒を傾けながら聞き終わると、

「あの緋色の髪をした双子については、上方でも二年ほど前から評判だったようだ」

そう口火を切ると盃を置き、

「一年前の事でござった」

真顔を上げた。

半之丞は京に着いてすぐに二人の舞を見た。

北の天神様の境内に設けられた舞台であった。

舞は素晴らしく、ただ単に体の欠陥を売り物にする見せ物の類ではない事はわかったが、二人の生い立ちを調べてみたい好奇心をそそられた。だがお役目がある。道草はゆるされない。

調べるのは諦めようとしたのだが、二人が堂上方にも再三呼ばれる身分とあっては、興味は募る。

自身のお役目の第一は、さる西国の政情を調べることだったが、もともと道中筋の風聞書も提出する事になっている。それは武家とか町人とか関係なく、ありとあらゆる道中の、国々の風聞である。

――神楽舞の子供といえども……。

半之丞の考えはそこで決まった。

だが、何しろ先を急ぐ旅、その時かき集めた二人についての風聞はほんの大まかなものだった。

まず分かったことは双子の名は猩寿・猩美といった。

そして二人を世話している後見人は豊後左右衛門《ぶんごさえもん》と名乗っているが、実は双子の生まれた豊後三上《みかみ》村の同郷者で、本名は与七《よしち》というらしかった。

与七はどういう理由か二人を引き取り育ててきたらしく、双子からは「おとう」と呼ばれている。

つまり与七は二人にとっては寄親《よりおや》で後見人、はたまた神楽舞興行の差配人でもあるらしかった。

――出生が豊後国か……。

半之丞はその偶然に驚いた。これから向かうその地が豊後だったからである。

そこで半之丞はさらに詳しい事を調べるために、西国のさる藩の政情を調べ上げたのち、江戸に引き返す折に立ち寄る事にした。

「貧しい村でな、三上村は……」

そこまで話した半之丞は、体を起こして大きな息をついた。

「あの二人を産んだおっかさんに会ったのでございますか」

お藤は、先を急ぐような口調で訊いた。

「いや」

半之丞は小さく首を横に振って否定すると、父は父で、母は母で村を欠け落ちしたらしいと言い、

「母親はとせという女だったが、夫の友蔵《ともぞう》が他国稼ぎで長く家を空けている間に二人を産んだらしいのだ」

暗い表情をチラとみせた。

「不義ですか」

吉蔵が呟いた。

「いや、とせは否定したようだ。決して不義などではないとな。薪《まき》をとりに山に入ったおりに、山の妖気のために失神したが、その時夢うつつで何者かと交わったような気がしたが、覚えといえばそれだけだと……」

ところが、当初はそれでおさまったものの、生まれた子が一歳にもなる頃には、髪が緋色だとわかり、村人たちは「猩々の子だ、とせは猩々の子を産んだ」と大騒ぎになった。

以後母子は、白い目で見られ、のけ者扱いを受けるようになり、母親とせはいたたまれなくなって、当時はまだ生きていた夫の父親に双子を託して欠け落ちしてしまったのである。

頼りは父親だけだと遠国からの帰りを待っていたのだが、この父親も稼ぎから帰ってきて双子を見るや仰天し、家にも上がらず、そのままどこかに欠け落ちしていったというのである。

やがて、この世でたった一人、二人を庇《かば》ってくれていた二人の祖父が死んだ。

双子が五歳になってまもなくの事だった。

残された子をどうしようか、見せ物に売ってはどうかと村人たちが相談している所に、何を思ったか、ひょっこり帰って来ていた与七が、二人を引き取って村を出て行ったというのであった。

「与七の親は三上村から昔村八分にされていたようだし、与七も暴れ者で嫌われていたから、厄介者がこれで全部村からいなくなったと、みんなほっとしたと言っていたな。だから、その後の消息については、聞きたくもないという雰囲気だった……」

半之丞は思い出して顔を曇らせた。

「調べもこれまでと思ったのだが、一行とは余程縁があったのか、半月前に東海道宮宿《みやのしゆく》の熱田《あつた》神宮に立ち寄った時、境内の隅で町のならず者に囲まれている猩々の双子と与七に会いましてな……」

半之丞は一息入れて盃を干し、ちらと伊織に視線をくれて、話を続けた。

半之丞はその時、三人から離れて笛を抱えた男と太鼓を抱えた男がおろおろして見守っているのを見た。その様子から、双子と与七が脅されていることは間違いなく、それもどうやら、神宮で舞を披露しての帰りを待ち伏せされたようだった。

半之丞はゆっくり近づいた。

近づくにつれ、双子をからかうならず者たちの言葉が、はっきりと聞こえてきた。

「へっへっ、俺たちのために舞うことはできねえだと……おう、誰に向かってものを言ってるんだ……俺はこの境内をしきっている弥太郎《やたろう》親分の一の子分、猫治郎《ねこじろう》ってんだ。覚えておきやがれ」

なるほど、鼻の横に三本ずつ髭《ひげ》を生やしてやれば、正真正銘のどら猫そっくり、腹の太った男だった。

猫には取り巻きが二人いたが、片や鼠《ねずみ》のような顔立ちの背の低い男で、もう一人は割り箸《わばし》のようにひょろりとした男だった。

「女か男か、どっちなんだ……」

鼠が、怯《おび》えて今にも泣き出しそうな猩寿と猩美に言った。三人はそこでどっと笑った。

「い、いったい、お前たちは俺たちをどうしようってんだ」

与七が二人を庇いながら叫んだ。

「知れたことよ。たっぷり神社から謝礼を貰ったろう？　それを渡してくれればええのやで……嫌とはいわせねえぜ、もしも言う事を聞けないというのなら、おいみんな、猩々の裸はどんな具合か見せて貰おうぜ」

猫治郎たちは、へらへら笑った。

「無体なことを言うのは止めなさい」

半之丞は三人を庇うほうに立っていた。

「てめえは誰だ……怪我《けが》をしたいのかい」

鼠は相手は商人と見てか、ぼきぼき指の関節を鳴らして脅してきたが、

「脅しは私には通用しませんよ。商人風情だと見て高をくったら怪我をするのは、おまえさんたちだ」

容赦のない口調で半之丞は言った。

本来のお役目以外の争いごとにはつとめて関わりはもたないのがお役目の鉄則だが、三上村まで行って調べた時の、双子に対する憐憫《れんびん》の情が、鉄のように固い半之丞の心を動かしていた。

むろん半之丞が、そのならず者たちを蹴散《けち》らしてやったのはいうまでもない。

「そういう訳であの一行とは宮では同じ旅籠《はたご》に泊まり合わせることになったので

す。与七は、改めて礼をしたい、自分たちも興行をしながら江戸に向かっている、名と所と教えてくれとしつこく言ってきましてな、それを躱すのに苦労をしました」

半之丞は頭を掻いた。

「すると来栖様、あなた様がどこの誰とも知らないのですな」

「さよう……江戸の商人だというだけで、名を語ることもさし控えた」

これ以上近づくのは面倒だというお役目の習性で、半之丞は、訪ねて行きたいという言葉をきっぱりと断ったのだと話す。

心とは裏腹に連れない言葉だと相手は思うに違いないが、それが御庭番というものの性である。

話し終えた半之丞は、さすがに心残りの思いにしばし沈んでいた。だがやがてふと何かに気づいた顔を上げ、

「そう言えば……」

そのならず者たちとは別に、旅籠の前で与七と立ち話をしている三十半ばの男も実見しているのだと言った。

色の黒い男だった。裾の前を右手でからげて、与七に体をすり寄せるようにし

て話していた。遠目にも俊敏そうな体つきをしていたが、今すぐ暴力任せにしようというふうには見えなかった。体全体からにじみ出ている男の陰険さには、したたかで執拗《しつよう》なものが窺えた。

　与七がその男にぺこぺこ頭を下げているところを見ると、脅されているに違いなかった。与七は男に余程弱みがあるものと思われた。

「与七という男、やはり何か人には知られたくない屈託を抱えている。私はそう見たのですが、私がこれ以上関わることも出来ぬと……」

　半之丞は言った。

「来栖様、あなたのお立場ではごもっともです」

　吉蔵はもっともらしく言い、思いついたようにつけ加えた。

「それでいかがでしょう。このだるま屋があなた様の執念を見届けるというのは……」

「何……」

　何を言い出したのかと半之丞は一瞬首を傾げたが、すぐににやりと笑った。

「わかったぞ吉蔵、お前の探求の虫を満足させようというのだな」

「はい。さようでございます」

吉蔵はしたり顔で半之丞を見た。

三

庭にひだまりが出来ている。そこに野菊が十数本、肩を寄せ合うようにして咲いているが、先ほどから二羽の雀《すずめ》が、花の周辺の草むらを抜き足差し足、辺りの様子を窺いながら何かをついばみ、時折こちらを見て頭をくりっと傾げてみせる。

——先日、数枚の枯れ葉がしがみついている庭の柿の木に群でやって来ていたが、そのうちの二羽かもしれない。

柿の実はとっくに落ちているが、野菊の周りの枯れ草に餌《えさ》になる虫がいて、それを狙って来たものか……それにしても何とも臆病な動きだった。

縁側で縫い物をしていたおかつは、針を持つ手を止めると、

「どうしたんだい、みんなとはぐれたのかい……もう餌はないだろ、迷わないうちにみんなの元にお帰り」

声をかけた。

チチ、チチチ……。

二羽の雀は、おかつに背を向けると、心許《こころもと》なげに十数歩ひょこひょこと歩き、それからぱっと羽を広げて飛び立った。

おかつは、ほっとした顔で見送ると、視線を手元に落とし、また膝の上にある縫い物にかかった。

おかつは今、手を広げたほどの袋を縫っている。

唐織《から》の松葉色の地に、白い小波が立ち、その波の上で金の鯛《たい》が泳いでいる刺繍《ししゅう》が施された袋である。そして袋の口は真田紐《さなだひも》で絞るようにしてあって、その紐は首にかけるようになっている。

この袋には、手巾《しゅきん》や鼻紙、銭や小さな宝物だって入れられる。

今最後の仕上げで、真田紐を通す袋の口を縫っているところだった。

その膝元には、既に仕上がったもうひとつの袋が置いてある。こちらも唐織で、栗《くり》色の地に、錦《にしき》の独楽《こま》と、金色の独楽の紐が刺繍されている袋だった。

二つの袋とも端切れ屋の帯の切れ地を利用したものだが、以前買い求めて使用した残り切れである。

残り切れ……といったのには訳がある。

おかつにはひとつ違いで生まれた倅二人がいた。その二人に五年前、この切れで首からかける同じような袋を縫ってやったが、まもなく流行病《はやりやまい》で亡くしていた。切れはその時の残り切れだという事だ。

おかつは今またその切れで、猩寿と猩美に袋を縫っているのである。

――倅二人は亡くなったが、あの子たちにはきっと元気で育ってほしい……。

針を持つ手に願いを込めた。

だが、諦めをつけたと思っていた倅二人への思いが、袋を縫うことでかえって俄に鮮明に立ち上がり、おかつはたびたび袋を縫う手を止めた。涙があふれ出しそうになったのである。

だが、袋が出来上がってくる頃には、猩寿と猩美に倅の姿を重ね、気持ちが和らいでいくのを知った。

このおかつ、日本橋にある紅問屋『山城屋《やましろや》』に出入りする植木屋《うえきや》益吉《ますきち》の女房である。

住まいは今川町《いまがわちょう》の裏店《うらだな》にあるのだが、猩寿と猩美が江戸で興行をする間、一行の世話をしてやって欲しいと山城屋に頼まれたのだ。

しかも破格の手間賃を出してくれるというので、おかつは二つ返事でこの話を受けた。なにしろ今亭主の益吉は怪我で仕事を休んでいる。

いや、怪我がなくとも益吉は、倅二人を亡くしてから働く気力が失せたように酒に溺《おぼ》れるようになっていた。

怪我をしたのもそのせいで、前夜の酔いの醒めぬまま木に登り、仕事をしようとして落ちたのが原因だった。

頼りにならなくなった亭主に代わって働かなければならなくなったおかつには、今度の仕事は渡りに船だったのだ。

なにしろ山城屋というのは、京に本店のある大きな呉服屋である。本店の主は太兵衛《たへえ》という人だが、江戸店は太兵衛の実の弟の治兵衛《じへえ》という人がやっている。江戸店の治兵衛の話によれば、京の兄から聞いた二人の舞を、是非とも江戸の人たちにも見せてやりたいと思い、治兵衛自ら江戸での興行を引き受けたのだという。

だから治兵衛は、興行場所の選定、折衝、舞台設営の段取り、木戸銭の多寡《たか》まで、猩寿猩美の養い親である与七と相談しつつ仕切っている。

『猩々の舞』の一行は、二人の兄弟とは別に、囃子方として笛の奏者一人、鼓の者二人、荷物持ち人足一人を含む七人である。

与七と猩寿猩美には、山城屋の別宅であるこの諏訪町の屋敷があてがわれ、おかつが三人の世話をする事になったのだ。

後の四人は、お蔵前《くらまえ》通りに面した旅籠屋に常宿している。

おかつは、猩寿猩美たちが江戸に滞在している間、飯を食わせ、洗濯をしてやり、江戸が不慣れな一行の、興行先までの道案内もするのであった。

ただ今日のように興行先が目と鼻の先の八幡宮などの時には、ついて行くまでもなく、こうして縫い物をしたり買い物に行ったり、掃除や洗濯や食事作りに時間を費やしている。

——出来た……。

おかつは縫い上がった袋に結んだ糸を歯で噛《か》みきった。

と、その時である。垣根の向こうに二人の若者が覗いているのが見えた。のっぽの色黒と、太った白豚のような男だった。

いずれも髷《まげ》をくいっとずらして粋《いき》がって載せていて、一見して遊び人のように見えた。

二人は、にやにやしてこちらを覗いていたが、白豚の男が言った。

「猩寿と猩美がここにいるんだろ、会わせてくれねえか」

おかつは、むっとして庭に降りると、下駄をつっかけて二人が覗いている垣根に近づき、両手を腰につっぱって答えた。

「帰っておくれ。猩々の舞を見たけりゃ、ちゃんと木戸銭を払ってご覧な」

「聞きたいことがあるんだ。おっかさんは狸《たぬき》か狐《きつね》か山猿か、こいつと賭けたんだ。人間じゃああるめえってな」

一方の男は、もう一方の男と見合って、げらげら笑った。

「お前たち！」

おかつは庭の片隅に歩み寄ると、水を汲《く》んで置いてあった桶《おけ》をつかんで、二人の男たちに勢いよくその水をぶっかけた。

「何しやがる！」

顔を水浸しにした二人の男が怒鳴った。

「人の家を覗いてさ、何しやがるもないもんだ。いいかい、あの二人のおっかさんはこのあたしさ、文句があるかい。わかったらとっとと消え失《う》せな、さもないと……」

おかつは、下に転がっていた柿取りの竹の竿を持ち上げた。

柿の実を取るときに使った竿だが収穫は終え、地面にころがしてあったものだ。

「ばばあ、覚えてろ！」

二人の若者は悪態をついたあと、一目散に逃げて行った。

「なんだい、何がババアだよ。まったく、親の顔が見たいもんだよ、ふん」

両手をはたいて引き返した。


「おや、帰ってたのかい」

縁側に上がろうとしたおかつは驚いた。

いつの間に帰っていたのか、猩寿と猩美が立っていたからだ。二人の顔には、子供らしからぬ不安と戸惑いが垣間見える。どうやら二人は、おかつが男たちとやりあっているところを見ていたらしい。

おかつは二人の顔をひと渡り眺めると、

「いいかい、あんな奴らの言ったことを気にするんじゃないよ」

二人の顔を覗いて言った。

「…………」

いつもは明るい二人だが、首をうなだれて歯をくいしばっている。

「いい事を教えて上げるよ。嫌なことがあった時にさ、黙って辛抱するのは辛いだろ。いつまでたってもすっきりしないだろ。だからね、おばさんなんかは、胸にあるものを口に出して言ってやるんだ。負けてたまるか！　冗談じゃねえやって……」

「…………」

「そしたらすーっきりしてさ、罰《ばち》は向こうに当たるんだって思えるのさ。ほら、やってみな。ほんとだから」

おかつに促されて、猩寿が勢いよく声を張った。

「お、おいらのおっかさんは、きつねでもねえ、たぬきでもねえやい！」

するど、猩美が、

「おっかさんは、おっかさんは……」

猩寿に続こうとしたが途切れ、ぽろりと大粒の涙を落としたが、

「負けるものか……おいらは負けねえ、猩寿も負けねえ！」

気をとりなおして猩美は言った。

「よーし、その通りだとも。いいかい、このおかつには分かる。おっかさんはね、何もあんたたちが嫌いになって村を出て行ったんじゃないんだよ。だから今頃どこかでこの空を見て、あんたたちの事を思ってるに違いないんだ。元気で大きくなってくれって……」

じっとおかつの顔を見て聞いていた二人の目から、真珠のような涙がこぼれ出た。

「涙をお拭き……強くおなり。世の中嫌なことばっかじゃないさ。いい子でいてたら、いい事もいっぱいある。さっ、元気出して」

おかつは、二人の頬に流れる涙を自分の掌《てのひら》で拭いてやると、

「あんたたちが幸せになるようにって、おばさん、綺麗な袋を縫ったから、使ってくれるかい」

二人をそこに座らせて、猩寿には金の鯛の刺繍の袋を、猩美には錦の独楽の刺繍の袋を、それぞれの膝に載せた。

「ほら、おばさんは二人をよく間違えるだろ。それに、しょ、しょ、猩寿、しょ、しょ」

「猩美だろ」

猩寿が言い、二人はくすりと笑った。先ほど泣いた烏は、すっかりもう、もとの元気を取り戻したようである。おかつも笑って、

「おばさん、あんたたちの名をうまく呼べないだろ。おまけにどっちがどっちかわかりゃしない。だからね、こうしておくと少しは役に立つかと思ってね」

おかつは二人の首に袋をかけた。

「いいね、似合うよ……」

じっと眺めて、またついほろりとする。

「おかつおばさん、今日からおいらたち、サブとゲンて呼んでもいいよ」

「いいよ、猩寿がサブ、おいらがゲン」

二人はそう言うと、縁側から庭に飛び降りた。

下駄を履いて古池に走る。

この屋敷は治兵衛が商いの上で手に入れた古い家で、敷地は二百坪以上もあり、庭の池には見事な錦鯉《にしきごい》が泳いでいるし、子供が抱えきれない程の亀もいる。

だから二人は時間があれば池に走るのだ。

「いいんだよ、そんな気を遣わなくても」

おかつは二人の背に叫んでいた。与七の言葉を思い出したのだ。

「おかつさん、あの二人にはサブとゲンという生まれついての名があるんだが、その名は二人にとっては生まれた村でいじめられた、いまいましい記憶につながってる。それで申し訳ねえが、呼び名は猩寿猩美で頼みてえ」

あいつらに辛い思いはさせたくねえんだと与七は言ったのだ。

――それなのに、あたしに気ぃ遣っちゃって……。

「気をおつけ、怪我したらつまらないからね」

おかつは古池に並んでしゃがみこむ二人の後ろ姿に叫び、いそいそと台所に向かったが、

「旦那様……」

驚いた顔で立ち止まった。

山城屋治兵衛が玄関横から庭に入るしおり戸の前で池の方を見ていたからだ。

おかつが驚いたのは、それればかりではない。

治兵衛の側に、めっぽう男ぶりのいい着流しの武士がいたからだ。治兵衛はその武士に、猩寿と猩美を遠くから紹介しているようだった。

治兵衛はおかつに気づくと言った。

「おかつさん、こちらの方は秋月伊織様とおっしゃいます。与七さんが帰ってきましたらお話ししますが、あの二人の警護をお願いしようかと思いましてね」

山城屋はにこにこして伊織と視線を合わせると、

「あんたも困ったことがあれば何でも相談するといい」

ぽかんとして見ているおかつに言った。

「あ、秋月、伊織さま……秋月様」

「伊織でいいぞ。よろしく頼む」

伊織は白い歯を見せて笑った。

「い、伊織様ですね」

「何をびっくりしているのだね。お茶を差し上げなさい」

治兵衛に言われて、おかつは慌てて台所に走ったが、茶を入れながらおかつは思った。

――きりりと引き締まった深い目の色……それに鼻筋の通った役者のようなあのお侍が本当に警護をしてくれるのかね……。

あんないい男がと思うと、思わず頬をひねって、

「いててて、本当だ」

現実だと確かめると、同じ男は男でも、うちの亭主とは天と地ほどの違いだわと、娘のようにくすりと笑った。

「旦那、ありがとうございます。旦那が用心棒をして下さるようになって喜んでおります」

舞台の設定を細かに点検した与七は、客席から一帯を眺めていた伊織の側に来て言った。

四

煙草の匂いが、伊織の鼻をついた。与七は煙草をたしなんでいて、常に腰に煙管と煙草を携帯している。目はやや奥目だが鼻が高く、上背もある男で、なかなか押し出しのある風情を持っている。

その与七が、黒羽二重の紋付に裃《かみしも》をつけている。お公家や武家屋敷に出入りするにはそれなりの名と姿が必要で、猩々の舞の興行主豊後左右衛門に変身したところであった。

「この江戸のことだ、気を抜かぬことだな。何が起こるかわからぬぞ。お前も聞いただろう。おかつの話を」

「へい。山城屋の旦那も申しておりましたが、二人の人気は思っていた以上でして、旦那も今日ご覧になったように、二人には行き帰りの道中は顔が見えぬよう髪を上げて笠の中に隠し、変装させることにしています」

与七は辺りを見渡した。

二人がいるのは、浅草寺《せんそうじ》の本堂が見える広場の俄《にわか》舞台の前である。浅草寺境内には芝居小屋も軒を連ねているのだが、猩々の舞はやんごとなき人たちもご覧になったという事で箔《はく》がついている。浅草寺側も特別扱いしてくれて、本堂側の広場が舞台となった。

「ですが旦那、旦那がついていてくれれば、あの子たちも安心です」

「狙われているのは、猩寿猩美だけではあるまい」

伊織は慇懃《いんぎん》な笑みをくれている与七の顔をちらと見た。

「旦那……」

与七の顔色が変わった。

「お前もつけ狙われているな」

「………」

与七は絶句した。

伊織が一行の用心棒を始めて三日になるが、昨日《きのう》もその前も、興行先に行く道すがら、影のように姿も見せず一行を尾《つ》ける者がいた。危害を加えるほどの殺気はなかったが、ねっとりとした執念のようなものをその影に感じていた。

最初は猩寿猩美に熱を上げた者の仕業かと思っていたのだが、今日ここに来る道すがら、その影なる者は与七をつけ狙っているのだと知ったのである。

「与七、この浅草寺に入ってまもなく、その者は先回りして仁王門《におうもん》で待ち伏せ、俺たちにわからぬようにお前を呼び止めた、違うか」

「だ、旦那……」

「俺はお前が脅されているのを見たぞ」

伊織は与七の目を捉えた。狼狽しているのが一目でわかった。

「あの、頬に傷のある男は誰なんだ。まさか江戸に出てくる道中筋で、お前を脅していた男ではないのか」

「………」

「宮宿で泊まったおり、お前が米つきバッタのように頭を下げていた男がいたらしいじゃないか」

「旦那、旦那はどうしてそんな事を……」

「お前たちを熱田神宮境内で救った男から聞いている」

「旦那……ご存知ですか、あのお方を……」

「忙しい男でな、江戸には二日とじっとしておらぬ。だがお前たちが江戸に出てきて興行を始めた事は知っていて案じておったのだ。また危ない目に遭わぬとも限らぬからな、それで俺が用心棒を買って出たというわけだ」

「ありがてえことでございやす。あのお方にはこの江戸に着いてから、ゆっくりお礼も申し上げてえ、そう思いやして日本橋界隈《かいわい》のお店を歩いてみたんですが、さっぱりわからなかったんです。なにしろ、名前すらお聞きしておりませんので」

「ああいう男だ、気にすることはない」

「それにしても、あっしたちの事を案じて下さって……」

「あの男だけではないぞ。山城屋もお前たちのことは案じているのだ」

与七は神妙な顔で頷いた。

実際伊織が一行の用心棒となることになったのは、山城屋の決断によるものだった。

山城屋も当初から何かあってはと心配していたらしく、吉蔵がお記録を自ら届けた折に警護の話を持ちかけると、即座にお願いしますという事になったのだ。

「皆の支えがあって無事に興行が出来ているという事を忘れてはならぬ」

「へい……」

「それがわかったなら与七、隠し事はならぬぞ」

「旦那、心配はいりやせん。奴は昔、大坂の盛り場で一緒に遊んだ儀三《ぎぞう》って野郎ですが、博奕《ばくち》で借金がかさみ大坂を抜けてきたようでして、それで金の無心をしてきたのでございます。なあに、近いうちにいくらかくれてやって上方に帰しますので」

「お前の手に余るのではないか」

「いえ、大丈夫でございます」

「しかし下手をすれば、猩寿と猩美に危害が及ぶかもしれぬぞ」

「旦那、あっしの命に代えてもそんなことはさせやせん」

与七は強い口調できっぱりと言った。

あの与七の言葉は、猩寿猩美の体裁だけの養い親の言葉ではない。二人を心底守ろうとする真の意思から出たものだと、伊織はあれからずっと頭の隅で考えている。

意外だったのだ。異形の子の養い親だと名乗りながら、実は興行を目的として二人を引き取り、何もわからぬ幼い子供をつかって金儲けをしている。始め伊織にはそう見えた。

だが、あの一瞬激した言葉には、親が子を守ろうとする疑いのない心情が見えた。

「伊織様、どうぞ」

腰掛けに座って茶を喫し、隅田川を眺めて思案にふけっていた伊織に、猩寿と猩美が桜餅を運んで来た。

「旦那、召し上がって下さいな。夕飯には少し時間がございますから……」

おかつが二人の後ろから近づいて来て言った。

「では、相伴するかな」

伊織が二人に笑みを送ると、二人もにっこり返してきて、伊織の横に並んで座ると、早速桜餅をほおばった。

「うめえ！」

目をくりくりさせて二人で見合ったあと、しばらく桜餅を食べるのに夢中になった。

四人は浅草寺で舞を終え、長命寺《ちょうめいじ》にやって来た。

猩寿と猩美に、船にのってみたいと今朝からねだられていたおかつが、二人を迎えにきたついでに、それなら材木町《ざいもくちょう》から船に乗り、長命寺で江戸名物桜餅を食べようじゃないかと言い出したのである。

二人は大喜びだった。渡り鳥が群れる川のよどみに目を凝らしたかと思うと、川を上下する船に目をとられ、船の縁《へり》から川の中を覗いて魚が見えたの見えなかったのなどと歓声を上げ、あっちを見てはこっちを見ては大はしゃぎをして、長命寺近くの岸から陸にあがったのである。

与七は伊織に二人の警護を頼んで用談のために出かけて行ったから、帰りは四人の道草となったのである。

「おかつおばさん」

ふいに錦の独楽の袋をかけた猩美が言った。

「これ、持って帰ってもいいかい」

皿にはひとつ、桜餅が残っている。

「いいとも……そうか、与七さんに持って帰るのかい」

猩美はこくんと頷いた。

「おいらも……」

猩寿も取り上げていた桜餅を皿に戻した。

「たいしたもんだよ、与七さんは、こんなにいい子に育てたんだもの」

おかつは感心した顔で二人の顔をまじまじと見て、

「猩々の舞で生きてく道をつかむまでは、食うや食わずの時があって苦労したらしいから、二人とも与七さんに恩義を感じているんですよ」

と伊織に言った。

おかつは帰りの船の中でも、与七から聞いた話を語ってくれた。

それによると、与七は八年前、久しぶりに故郷の豊後に帰った。

大坂で『まむしの与七』などと呼ばれていた与七は、半端者たちを相手にひと儲けした事でつけ狙われることになり、身の危険を回避するために、田舎にしばらくひっそりとして、様子をみようと考えたのだ。

とはいえ与七の両親は、貧しさのあまり年貢米をごまかそうとした事が発覚し、村八分にあい、与七が帰省した時には実家は空き家で廃絶同然となっていた。両親は欠け落ちしていたのである。

しかし与七は、村人に後ろ指を指されながら、実家の空き家で三月《みつき》ほど暮らしている。他に身を寄せるところがなかったのである。

いや、村人の白い目を般若《はんにゃ》の目で睨み返しながら、空き家で暮らしたのは、遠い昔の懐かしさがあったのだ。

侘《わ》びしげな囲炉裏の姿も、黒くなった天井も朽ちた畳も、そして与七が反抗して傷つけた鴨居《かもい》の柱も、みんな昔のままだったからだ。

両親がここに暮らしていれば、懐にある金を少しでも渡してやろうと帰省した与七である。

——それが……。

胸の中にぽっかりと穴があいた思いに浸りながら、それでもこれがこの村で過ごす最後だろうと、与七は両親が置き忘れた思い出を持ち出そうとして、ひとつひとつ胸の中に畳み込むように暮らしたのであった。

その三月の間に、与七は哀しい光景に出会ったのである。そう……猩寿と猩美との出会いだった。

二人は祖父に首ねっこを捕まえられて、伸びかけた赤い髪を鋏《はさみ》で切られているところだった。

祖父の言うのには、そうしなければ村の子供たちがおもしろがって鋏を持って二人を追いかけ回すのだという。

当時二人はサブとゲンと呼ばれていたが、いつも泣きべそをかいていた。

与七が見ても陰気くさい子供だった。その陰気くささがさらにいじめを呼ぶのだが、年寄りと二人の幼子は、そうして人の目に触れぬように暮らすことしか考えられなかったようだ。

――村にとっては異端の存在、これじゃあ村八分と同じじゃねえか。

そう思った時、自分と二人の幼子が重なった。

――見て見ぬふりはできねえ。放ってはおけねえ。

与七は二人の祖父が亡くなると、村の長に申し出て二人を引き取ったのである。

「それでまた上方に出たらしいんですがね」

おかつはそこで話を切ると、

「さあ、ここで下りるよ。見てごらん、そこに見えるのが駒形堂《こまがたどう》っていうんだよ」

二人を急かして船から下ろすと、

「もうすぐだからね、でも走っちゃ駄目だよ」

じゃれあいながら歩いていく二人を追っかけながら、話を継いだ。

「大坂に出た時には多少のお金も持ってたっていうんですが、もとはといえばあぶく銭、すぐに消えちまってさ、どこだか名前は忘れちまったけど遊郭の使いっぱしりをやってたらしいんですね与七さんは。でも食うや食わずの暮らしが続いて……そんな時に遊女たちから、サブちゃんとゲンちゃんは女の子のように可愛いじゃないか、禿《かむろ》にすれば評判とるよ、なんて言われて、それで二人に舞を舞わせてみようかってことになったんだって」

「するとあの舞は与七が教えたのか」

「いえいえ、なんでも近江《おうみ》のなんとか神楽とかいう偉い師匠に二人を預けて習わせたっていってましたよ」

「ほう……」

伊織は前を行く二人に視線を遣った。

二人はひとつの石ころを交互にけっ飛ばしながら歩いている。おかつの話から推測すると、二人は今年で十三歳、まだ子供だ。

おかつが縫った袋を嬉しそうにぶら下げて歩いて行く後ろ姿を見ていると、母の恋しい盛りだと思うのだ。

だが二人の口から母を恋しがるような言葉は一度も聞いてはいない。

伊織は足を速めて二人の間に割って入ると、両手でそれぞれの肩に手を置いた。

「舞を舞うのは楽しいか」

二人は元気よく頷き、

「えらいぞ、よくやったって褒めてくれるから」

猩美が嬉しそうに言った。

「そうか、与七がな……与七が好きか」

「うん。だって、おとっつあんだもん。おいらも猩美も、そう思ってる」

迷いもなく猩寿が言った。

五

「伊織の旦那、風が出てきましたよ、冷えるよ今夜は……」

おかつは襟を合わせながら茶の間の炬燵《こたつ》に入ってきた。夕刻から何度も与七の帰りを案じ、門の外まで何度も出て行っては肩を落として戻っている。

「いったいどうしちまったんだろうね。こんな事は初めてだよ」

おかつは呟いたが、不安な顔でおかつの表情を読んでいる猩寿と猩美に気づく

と、

「心配いらないよ、おみやげを持って帰ってくるよ」

笑いかけたがその時だった。

玄関の戸の開く音がした。

「ほうら、言わないこっちゃない」

立ちかけたが、

「ごめんなすって、こちらに伊織様はいらっしゃいますか」

長吉の声だった。

伊織は胸騒ぎを覚えて急いで玄関に出た。実は伊織は、長吉に与七を尾けて貰っていた。自身が猩寿たちの警護で自由に動けぬところを、長吉に補ってもらおうと思ったのだ。

「与七さんが怪我を負いまして」

「何……」

「一緒に来ていただけませんか、仔細《しさい》は歩きながらお話しします」

「わかった」

伊織が頷いて土間に下りると、猩寿と猩美が走って来た。

「伊織様、おいらも連れてっておくれよ」

「おいらも……」

二人は不安で泣き出しそうな顔をしている。

「お前たちはおかつさんと待っていろ。おかつさん、二人を頼むぞ」

伊織は二人の後ろにやってきたおかつに後を頼み、長吉と外に出た。

冷たい月が通りに降り注ぎ、行き交う人を青く照らし出している。こころもとないその景色に不安が募った。

「命に別状はございませんが……」

表に出てまもなく、足を急がせながら長吉が肩を寄せてきた。

「頭を打たれて気を失っていたものですから、あっしが懇意にしている幻庵《げんあん》先生の診療所に運び込みまして、手当てを受けているところです。しばらく様子を見てから帰るほうがいい、でないと万が一気分が悪くなったり気を失ったりした時には手遅れになる。そうおっしゃるものですから……」

幻庵とは、長吉の女房おときが柳橋の南袂で居酒屋『らくらく亭』をやっているが、そこの常連客の一人である。

米沢町《よねざわちょう》一丁目で診療所を開いている酒好きの医者、といえば別にどこにでもいる医者だが、幻庵は酒を呑むと女癖が悪かった。

女に抱きつきなめなめしたくなるのが癖で、内儀のお政《まさ》は、被害を受けたと訴えてきた女との仲介をおときに頼んできたことがある。その時はおときの才覚でなにがしかの詫銀《わびぎん》を包み事なきを得たのだが、以後酒を呑むならくらく亭の他は駄目だと幻庵はお政から釘を刺された。

だから近頃幻庵は、たびたびらくらく亭に顔を出す。

おときも女に変わりはないのだが、相手が内儀と通じているおときでは恐ろしくてなめなめどころではない。静かに大人しく呑んで帰る。

長吉なんかは、そんな思いまでして外で呑みたいのかと思うのだが、家でお政の顔を見て呑むよりまだましだというから、哀れというほかない。

女房に頭のあがらぬスケベな医者だが、これがどうして腕は確かだと評判がいい。

伊織も腹が痛くて薬を貰ったことがあるから知った仲だ。

たまたま倒れていた所から近かったということもあるが、幻庵なら何を見聞しても漏らすことがないことから、長吉は与七を連れて行ったというのであった。

「誰にやられたのだ。あの男か……」

足早に歩を進めながら伊織は聞く。あの男とは、浅草寺で与七を呼び止めた頬に傷のある男のことである。

「あっしが目を離した隙にやられてしまったのですが……あの男の仕業でしょうな」

長吉は伊織たちが向嶋《むこうじま》の長命寺に船で向かったころから与七に張りついていた。そうとも知らずに当の与七は、伊織たちを見送ると囃子方の三人としばらく打ち合わせをし、この三人も宿に帰した後、木戸銭を勘定して寺の事務方の坊主と会った。

興行の金を支払って坊主としばらく茶を喫して談笑していたが、それが終わると物陰で裃を脱ぎ、着物も縞の小袖に着替え、その着替えた着物は待たせていた荷物持ちに持たせて帰すと、自分は一人でひとの目をはばかるように浅草寺の境内を出た。

既に夕闇が町の辻に忍びより、与七が神田川《かんだがわ》沿いの平右衛門町《へいえもんちょう》の『亀や』という居酒屋の暖簾をくぐった時には、暮れ六ツの鐘が鳴っていた。

与七の後を追って入ってみると、与七は店の奥に向かって歩いているところだった。

店の中は奥に細長く幅は狭かった。入り口から奥に向かって台が五つ並んでいたが、与七が座ったのは一番奥の台だった。

そこには、浅草寺で伊織から聞いていた頬に傷のある男が、片膝を椅子の上に立てて酒を呑んでいた。一見しただけでも、腐った臭いが体から漂ってくるような、そんな男だった。立てた膝から覗く汚い脛《すね》はその証しだった。近寄るのさえ恐ろしい感じのする男だった。

そのためか、店は混み始めているものの、男のいる台には他の誰も座っていなかったし、ひとつ手前の台にも職人が一人居るだけだった。

ぺこぺこして与七がその男の前に座ったのを見て、長吉はひとつ手前の台に奥に背を向けて座った。

その時だった。それまでその台で酒を呑んでいた職人が、何か異な雰囲気を察知したのか、勘定を済ませて出て行ったので台は長吉一人になった。

その長吉の耳に与七を咎《とが》める声が聞こえた。

「遅いじゃないか」

「これでも急いで来たんですぜ」

与七がいい訳がましく、弱々しい声を発すると、

「ちぇ、いい訳ばっかりしやがって。いいか、俺を邪険に扱ったらどうなるかわかってるな」

男の発する言葉にはおしつけがましい凶悪なものが窺える。

「兄貴、まさか兄貴がこの御府内までやって来るとは思いもよりやせんでしたから」

「来るよ……銭のためならどこまでもな」

「しかし、あぶねえんじゃねえですか。大坂で待っていてくだされば、ひと月もすれば戻りますから」

「その大坂もやばいから旅をしてるんじゃねえか。人ごとのように言ってるが、お前だって」

「兄貴！」

与七は険しい声で男の言葉を制した。

「まっ、そういう事だ。お前は黙って俺の言うとおりにすればいいんだ」

「………」

「わかったなら出して貰おうか」

「へい……」

与七が蛇に睨まれたカエルのような声を出した。

長吉が体をずらして肩越しに後ろを見ると、与七は懐から巾着《きんちゃく》を出して男の前に置いている。

「ふん」

男は巾着を取り上げると、与七の前にこれみよがしに逆さにして銭を台の上に落としてみせた。

小銭ばかりが音を立てて散らばった。

「馬鹿にしてんのか……」

男は俯いている与七の顔に、巾着を投げつけた。

「これっぽっちが浅草寺での稼ぎだというのか」

「兄貴、そんなに儲かるもんじゃねえんですよ。囃子方にも払わなきゃいけませんし、いや、なにより、寺への謝礼で八割方はとられるんですぜ。あっしとぼうずたちの取り分は、やっとこさっとこ飯が食えるほどの銭……」

「おいおい、何度おんなじ事を聞かされるんだ。豊後左右衛門とかもっともらしい名を貰って公家の家にも出入りしたお前たちが、こんなはした金を稼ぐためにこの江戸にやって来る訳がねえやな。昔はまむしの与七と異名をとった抜け目のねえ野郎だぜおめえは」

「どう言われようとも嘘偽りのねえところでして」

「あほ、そんなあほ話に騙《だま》されるか。立て！」

男は与七を立たせて懐を探ったが、何も出てこないと知ると、

「いいか、借りはきっちり、けえして貰うぜ」

言い捨てて立ち上がった。

男は周りを睥睨《へいげい》するような目つきで出て行ったが、長吉はその男の右手の甲に火傷《やけど》の痕があるのをすばやく見ていた。小判を広げたほどの痕だったが、皮膚が醜く引きつっていた。

与七はのろのろと銭をかき集めて出て行ったが、その後を追うつもりの長吉が不覚をとったのは、店の隅で喧嘩《けんか》が始まったことだった。

年寄り同士だったが、二人とも酔っぱらっていた。ののしり合う話の中味は、どこかの飲み屋の女を争ってのことらしかったが放ってはおけない。

中に入って喧嘩をおさめて外に出た時には、与七の姿を見失っていた。

――しまった。

左右に走って与七の姿を捜していた長吉は、暗い路地の奥で虫の息で伸びてい

る与七を見つけたのであった。

「そういうことですので、あっしは与七がやられる所は見ておりませんが、おそらくあの男の仕業だと思いやす」

長吉は白い息を吐きながら告げた。だがすぐに、

「そういえば、ひとつひっかかっている事があるのですが……」

並んで歩く伊織の横顔をちらと見た。

「その男のことか」

「へい。どっかで見たことがあるような……きっとあっしが十手《じって》を預かっていた頃の話かと思うんですが……」

「調べてみてくれるか。与七は儀三とかいう名だと言っていたが、思いがけない獲物かもしれぬぞ」

伊織は浅草寺で見た男の暗くて険しい顔を思い出していた。


「あの男でございますか」

与七は額を包帯で巻いていたが、診療所の畳に正座し、伊織と長吉の前に神妙な顔で俯いて座った。

自分を襲ったのは、長吉が居酒屋で見た男に間違いなく、名は儀三という者だと説明したが、男の正体については口を濁した。

「あんたは、あの男を兄貴と呼んでたじゃねえか」

長吉が厳しい口調で訊いた。

「いえ、それは……」

口ごもったが、顔を上げると、

「格別どうって訳ではありやせん。博奕場の先輩だったものですから、つい兄いと呼ぶようになっていただけで……」

「では奴に借りてる借りとはなんだ」

伊織が厳しく尋ねる。

側で幻庵は腕を組んで目をつむって聞いていた。

「そんな怪我までさせられて、洗いざらい話してみたらどうだ」

「昔、スケてもらったんですよ。賭場で穴をあけた時に……」

与七は伊織から目を離して言った。

「それが奴が言う借りなのか」

「へい」

「それでずっと、つけ狙われているというのか」

「ですがこれ以上はもう、奴の餌食《えじき》にはなりやせん。お前一人では立ち向かえまい」

「そうかな、今日のことを見てもわかるが、お前一人では立ち向かえまい」

「いえ、諦めさせます。あっしを追っかけても金にはならねえって……伊織様、あっしはきっぱり決めました、この江戸での興行を終えたら足を洗うことにしました」

「何……」

「足を洗って、あの二人には好きなことをさせてやります。猩寿は能役者になりたいという夢がありやす。猩美は笛です。二人でちゃんとした能舞台に立つのが夢なんです。あっしはそのために金を貯めてきました」

「待て待て、それこそ奴に知れれば只《ただ》ではすむまい」

「へい。ですからあっしは、二人を山城屋さんに預けて旅に出ます。猩寿猩美と別れたなら、あっしを狙っても仕方がありやせん」

「しかし、お前は只ではすむまい」

「あっしは殺されたってええんです。あの二人が、立派に成長してくれるんやったら、まむしの与七は、満足でございます」

与七は、ところどころ上方弁を交えて言った。

「与七……」

「旦那、あの二人は、あっしの分身なんですよ。確かに大坂で食うや食わずの暮らしをした時には、何度遊女屋に置き去りにして逃げてしまおうかと思ったかしれやせん。ですがねえ、旦那……あいつらは、あいつらは……」

与七は二の腕を目に当てた。

ひとしきり沈黙が続いたが、与七は絞り出すように言った。

ある寒い日に賭場に三日も居続けた与七は、負けが続き叩き出されてとぼとぼと二人がいる小屋に帰った。

その頃三人は、ある遊女屋の庭の物置小屋で暮らしていた。他に眠るところがないから帰ったのだ。だが、

――あのガキ二人がいるから俺はこのザマだ、あのガキさえいなければ……。

爺《じい》さんから二人を引き取った事を後悔し、今日は帰るが明日はどこかに捨ててやろうと決心して帰ってみると、炊いた粥《かゆ》の側で二人が眠っていた。

腹が減り、待ちくたびれて、座っている元気もなくなってそこに横になっていたらしいのだが、二人は一椀も食べずに与七を待っていたのである。

与七は二人の姿を見て、言葉を失った。

「旦那……伊織の旦那、長吉とっつあん、あっしはあの時、思い知らされやした。ご存知のようにあいつらは、母親に捨てられ、父親に捨てられ、そして世間に捨てられて、さんざんな目に遭ってるのに、あっしを神様のように信じてやがったんですよ。必死であっしを信じて待って……そんな子を裏切れますか。いくら半端者のあっしでも、この子たちを捨てたらもう人として終わりだと思いやした……半端者の暮らしから足を洗うことが出来たのも、あいつらのお陰です」

「与七、あの二人もな、言っていたぞ、お前はおとっつあんだってな」

「ちくしょう……なんてやつらだ」

与七は俯いて肩を震わせた。

六

与七は額の包帯がとれてまもなくのこと、興行が終わった夕刻に、またしても猩寿と猩美を伊織に頼んで神社を後にした。

与七は一度、立ち止まって後ろを振り返った。伊織や長吉の姿はないか確かめたのだろうが、二人の姿がないと知ると、ほっとして歩み始めた。

だがその与七を、つかず離れず今度は弦之助が尾けていた。

与七を脅している男の調べに長吉が手をとられたために、弦之助が与七の動きを見届けることになったのだった。

むろん与七は、そのことを知らない。

与七はまっすぐ上野《うえの》の東叡山《とうえいざん》黒門前広場に向かった。

三橋の手前で一度立ち止まって辺りを見渡したが、やがて渡り、広場左手に見える林に向かった。

広場には左右に暮れの市が並んでいる。御府内で暮れの市といえば、深川八幡、浅草観音、芝神明《しばしんめい》、麴町《こうじまち》天神と大きな市が有名だが、近頃は人通りの多い場所にはどこにでも店が出るようになった。

ここも例外ではなく、俄仕立ての出店が並び、その間を忙しく買い物客が歩き、異な目配りをする男が一人ぐらいいたところで気にする者は誰もいない。

与七は林と広場とを分ける高さ一尺ほどの石の土手に腰をかけ、しばらく行き交う人に目を向けて、目の前を凧《たこ》を抱いて大工の父親と帰って行く十歳ぐらいの男の子が通り過ぎると、目を細めてしばらく見送り、懐に手を入れて巾着を取り出した。

どうやら広場に見える瓜売りに目を遣っているところを見ると、みやげにでも買って帰ろうかと考えているようだった。

だが、与七はふいに後ろの声に振り向き、慌てて巾着を懐にしまった。

与七は、手招きされて大きな石の碑の後ろに回った。

弦之助も急いで碑に近づいた。与七が脅されている声が聞こえた。

「何だと、足を洗うだと……まだ懲りてねえようだな」

明らかに脅しの声だった。

しかし与七は答えなかった。すると今度は、なだめるような声音が聞こえた。

「稼ぎが少ねえのは、やり方がいけねえんだぜ。俺に任せてみな、そうすりゃおめえも、あの二人も使いきれねえほどの金が入るぜ」

「………」

「まだまだ稼いでもらわにゃならねえんだ」

「兄い、いや、もう兄貴じゃねえ。儀三さんよ、お前さんの欲のために、あの二人をこれ以上犠牲にはしやせん」

与七は、きっぱりと言った。

「何だと……てめえ、そんな事が言えた義理かよ、えっ……俺の犠牲にはならんだと？」

男はくすくす笑って、

「いいか、俺はお前に償《つぐな》ってもらってるんだぜ。おめえ、お咲を殺したのを忘れた訳じゃあ、あるめえ」

——なんだと、殺しと言ったな……。

聞いていた弦之助は、ぎょっとした。

「俺は殺してなんかねえよ」

与七が言った。強く抵抗する声だった。すると、

「誰がそれを証明するんだ……誰もそんなことは信じねえ……お咲はお前のために命を落としたんだ……」

相手を厳しく詰問する声がした。

——どうなってるんだ。

弦之助は気づかれぬように、二人が見える位置に体を移動した。

二人は一抱えもあるような、大きな杉の木の前で向かい合っていた。

すでに陽は西に傾いて空が焼け、空中を染めた光は、対峙する二人の顔を赤く

照らしていた。

与七を脅している男の頬には伊織から聞いた傷があり、夕陽は男の悪相をいっそう際立たせていた。

——奴が儀三だな……。

目を凝らす弦之助の視線の先で、儀三は冷たく笑ってみせると、

「おめえが、そんな弱音を吐くんじゃねえかと思ってよ」

そう言うと、杉の木の裏手に声をかけた。

「赤松《あかまつ》様……」

するとふらりと両袖に手を突っ込んで出てきた男がいる。

「ほんにほんに、そこで聞かせて貰いましたが、なんとじれったい事じゃな」

男は金塗りの扇子を口元に当てて言った。髷は公家髷、羽織袴の格好だが、着ている物が絹の上物、言葉遣いも京をにおわせる。

「赤松定勝《さだかつ》様とおっしゃる。先年まで侍従をおつとめなさっていたが、早隠居して今は気ままな旅を楽しんでおられるお方だ。茶道具を扱う『高麗堂《こうらいどう》』さんにご滞在でな、あの二人の舞をご覧になっていたく感心されて、おめえに会いたいとおっしゃるのでお連れしたのだ」

儀三は舌を噛みそうな丁寧な口調で言った。

すぐにその後を赤松と呼ばれた男が続けた。

「足を洗わせるなんて勿体《もったい》ない。わたしはお前たちが京で演じていた時から、磨けばどんなに立派な神楽舞になるやろか、楽しみにしておりました。今やめたらこれまでのことは水の泡、あほなことを言うもんやない。わたしはこの日の本の神楽をおさめている赤松家につながる者、どうじゃ、わたしにあの二人を預けてみては……」

広げた扇子の向こうからねばっこい目で与七を見た。

「せっかくでござりやすがお断りいたしやす」

「何、断わる……」

「へい」

もう一度、決然と言った。

しばらく、ほんのしばらくだが、黙然として睨み合ったのち、

「拾ってきた猫ではないか……」

赤松は冷笑を浮かべ、

「捨て猫の親代わりになってやろうと言うておじゃるのに……」

「捨て猫なんかであるものか。猩寿も猩美もあっしの倅、ごめんこうむります」

「ホホホホ」

赤松はおもしろそうに笑ったのち、

「えらい度胸やないか……このわたしの好意を踏みにじったらどうなるか……」

顔下半分を隠していた扇子をぱちんと締め、

「思い知らせてやる」

ぎゅっと睨んだ。

——まてよ、あれは……。

弦之助は、扇子を払ってむき出しになった公家の顔を、目をこすって凝然と見た。


「お待ち下さいませ土屋様。その、突然現れた公家風の男が、あのいつぞやの、籠脱《かごぬ》け詐欺《さぎ》師だとおっしゃるのでございますか」

吉蔵は、丸い目をぱちくりして言った。

「そうだ、まさかとは思うのだが、口の、ほら、ここに黒子が奴にはあるということだったろう。今日見た赤松定勝とかいうあやしげな男にも、同じところに黒子があったのだ」

弦之助は自身の唇の右端を指でつっつき、赤松が気にはなったが、儀三の居場所を突き止めねばならず、赤松が高麗堂に滞在かどうか確かめることは出来なかったと残念がった。

「しかし、あの時の詐欺師の名は……」

吉蔵は首を傾げて考えていたが、

「お藤や、すまないが、昨年のお記録の綴りを持ってきてくれないか」

酒のおかわりを運んできたお藤に言った。

「昨年の綴りですね」

お藤は念を押して行きかけたが、

「おじさまはお酒を控えて下さいね。お医者様に叱られますよ」

吉蔵に釘をさし、

「みなさん、おじさまにはすすめないで下さいませ。お腹の調子もよくないようですので」

にこりと笑って店の方に出た。

伊織も弦之助と苦笑いを交わしながら吉蔵に視線を向ける。

「まったくうるさい奴だ」

吉蔵がふてくされる。

「有り難いと思え、案じておるのだ」

弦之助が笑った。

「しかし俺は覚えがないな、その籠脱け詐欺のことだ」

笑みを払って伊織が呟いた。

「そういえば伊織様は、長吉さんと川越《かわごえ》に行っていただいた時じゃなかったかと存じます」

「すると、五月か……俺と長吉が、刃傷沙汰《にんじょうざた》を起こした浪人を追って川越に行った時なら、そうだ、五月だ」

「ならばそうでしょうな、今確かめますのでお待ち下さいませ」

言っているところに、お藤がお記録の束を抱えてやって来た。

「やはり……ええ、そうです。昨年の五月でございますな」

お藤から綴りを受け取りめくっていた吉蔵は、手を止めると、綴りから顔を上げ、その綴りを伊織の膝前に滑らせてきた。

鼈甲《べっこう》の騙《かた》り……と題したそのお記録には、大御台様添番の西尾《にしお》斧五郎《おのごろう》の四《よ》ッ谷《や》信濃殿町《しなのどのまち》に所有している家屋が、詐欺の舞台となった経緯を記してあった。

それは五月の頃、西尾が造作付きで家屋を売るべく買い手を待っていたところ、公家体《てい》の男がやってきて、家を買いたいが一両日中に大工を連れて出直して参る。その折に、値段のことなど取り決めたいと言い、その男は帰って行った。

西尾が訝《いぶか》しく思っていると、その男は数日後、町人を連れて台所口から入って来た。

奥も見たいとその男は西尾に耳打ちし、連れて来た町人を台所に待たせ、自分一人で奥の部屋に入って行った。

西尾は台所で町人と世間話をしていたところ、その町人がそわそわしはじめた。どうしたのかと尋ねると、町人は「私は鼈甲問屋讃岐《さぬき》屋の手代で嘉助《かすけ》と申しますが、お代を頂けるのでしょうか」と言う。

喫驚《びっくり》した西尾はなんの事かわからず問い返すと、先刻お誂《あつら》えの品の代金を払うからという約束で、屋敷までついて参れと申されて、それで同道して来たのだという。

慌てた西尾が奥に走ると、既に男の姿はなく、裏口から逃げてしまった後だった。

名も名乗らず、どこの誰ともわからず、手がかりは公家風侍というだけで、西尾は大いに迷惑したというお記録だった。

男の名は、ここでは不明とされていた。

伊織が読み終えると、

「そこに書いてある嘉助という手代は、以前俺が用心棒をした店の手代でな」

弦之助は言い、詐欺にあったすぐ後で町でばったり嘉助に会い、その話を聞いたのだという。

その時嘉助は、男に簪《かんざし》一本と櫛《くし》ひとつ、それに根付ひとつ、しめて五両もする品を詐取されたのだと消沈していた。

主《あるじ》には叱られるし、これで昇進は遠のいたと言い、もしや私が騙された男を見つけた時には助けてほしい、捕まえて奉行所に突き出してほしいと弦之助に頭を深く下げたのである。

「嘉助から聞いた話では、その詐欺野郎は京なまりの公家風侍で、口元に黒子があるという事だったのだ」

俺が顔を見ている訳ではないが、条件はぴったり符合する、嘉助に首実検させれば、その時の詐欺男かどうか判明する筈だと、弦之助は憤りを顔に見せた。

「籠脱け詐欺か……」

伊織は大きなため息をついた。

そんな輩に睨まれて、与七が逃げ延びることが出来るだろうかとこの先が案じられる。

「こうなったら俺が確かな証言を揃えてやる。そうしてあいつを牢屋にぶち込めば、与七は難をひとつ逃れられる」

弦之助は珍しくやる気満々で、顔を引き締めて伊織を見た。

七

白い霧がまだ明けやらぬ街をさまよい、家々が眠りから覚めるのはあと少しの時間がかかる。

人っ子一人いないそんな街の大通りを、裾をからげ、膝をむき出しにして提灯《ちょうちん》を持った一人の男が走って来る。

男は日本橋の方からまっすぐ北に向かっている。

町人だった。揺れる灯りに町人の顔が映っている。前を向いて目をつり上げ、闇をかきわけるようにして走るその面差《おもざ》しはまだ若く、お店に勤める手代のようだ。

男は神田川に架かる昌平橋《しょうへいばし》を一気に渡ると御成道に入り、灯りを翳《かざ》して『だるま屋』の看板を確認すると、

「だるま屋さん、だるま屋さん、山城屋でございます。起きて下さいまし」

だるま屋の戸を叩く。

しばらくして板戸が開き、文七が顔を出した。

「山城屋の手代でございます。旦那様から言いつかりまして……」

最後まで言わないうちに、お藤が夜着に羽織を引っかけて出てきて聞いた。

「何があったのですか」

「猩寿と猩美がいなくなったのです」

「まあ」

驚くお藤に手代は畳みかけるように告げた。

「伊織様にお伝え下さい。すぐに諏訪町に来ていただきたいと旦那様の言伝《ことづて》です」

「文七、伊織様の長屋に、急いで！」

お藤は文七に言いつけると、

「おじさま」

急いで店の奥に消えた。

文七と山城屋の手代に叩き起こされた伊織が、手代と諏訪町の山城屋の別宅に着いた時には、夜はしらじらと明け始めていた。

そして猩寿と猩美が寝ていた部屋には、山城屋をはじめ与七、おかつが雁首を揃えていた。

「いついなくなったかわからぬとは、与七、いったいお前は何をしていたのだ」

伊織は厳しい口調で肩を落としている与七に言った。

昨夕伊織は、興行先から二人をこの家に送り届け、後は与七に頼んで帰って来た。

「与七さん、昨夜は宿の方に行っていたんですよ」

おかつが言った。宿とは囃子方が寝泊まりしている馬喰町の旅籠のことである。

「今後のことを相談したくて……で、そのうちに酒が入って寝込んでしまいやして」

与七が消え入るような声を出した。

与七は二人が眠ってしまったのを確かめて出かけていて、そのあとおかつが四ツ半頃に二人の寝顔を覗いている。いなくなったのはその後のこと、狐につままれたような話だと二人は首を傾げた。

「いずれにしても、おかつさんはずっとここにいたわけですから、ことりとも音を立てずにいなくなるとは、こんな不思議なことがあるものでございましょうか」

皆のやりとりを聞いていた山城屋が口を挟んだ。

「ふむ……」

伊織は大きく息をすると、

「おかつ、裏木戸の鍵はかかっていたのかどうか見たのか」

思い出したように尋ねると立ち上がった。

「ええ、そりゃあ、伊織の旦那もご存知でしょう。あたしが毎晩点検してるってことは……」

おかつは伊織の後ろからついてきた。自分の不手際を指摘されたと思ったか、おかつの言葉には、ちょっぴり不満がのぞいていた。

山城屋のこの別宅は、人の背丈ほどの板塀が囲んでいる。裏木戸の鍵というのはサルのことだが、外からはそのサルを動かすことは出来ないのだ。

もしやと思ったのだが、伊織を追い越して走っていった与七が、サルを見て、

「開いてるじゃねえか！」

大声を上げ、伊織たちを振り返った。

「まさか、あたしはちゃんと確かめて……」

おかつは茶の間に引き上げて来てからも狼狽を隠せない。

おかつは立ち上がって前垂れを取った。

「おかつ、落ち着け」

伊織は強い口調でおかつを制した。

「とにかく、こうしてはいられません。私が番屋に届けて参ります」

山城屋は、急いで出て行った。だが、すぐに引き返して来た。

「伊織様、これを……」

緊張した面持ちで伊織の前に一枚の半紙を置いた。

『二人は預かった。役人に知らせれば命はない。次の連絡を待て』

半紙には流麗な筆致で、そう書かれていた。

読み終えた伊織は呟いた。

「この手慣れた字は儀三ではないな」

「あいつだよ、赤松とかいう野郎が二人をかどわかしたんだ」

与七は険しい顔で立ち上がった。

「待て、手分けして捜さねば……治兵衛殿、若い者を貸してもらえぬか」

「むろんです。どうぞお使い下さいませ」

山城屋は緊張した面持ちで頷いた。


猩寿と猩美らしき子供を見たという者を、山城屋の手代が別宅で待つ伊織のところに連れてきたのは、その日の夕刻だった。

伊織の指揮のもと、総勢二十名ほどが四方八方に走りまわって、皆の顔に疲れの色が色濃く見え始めた頃だった。

その者とは、諏訪町の駕籠《かご》屋『松野屋《まつのや》』の駕籠かきで、為吉《ためきち》と熊三《くまぞう》の二人だった。

そろそろ仕事を終《しま》いにしようかと、諏訪町の店の中で一服つけていた時だった。

提灯が近づいて来て、店の前を過ぎて行ったが、その提灯をさげていたのが、いつも贔屓《ひいき》にしてくれる『丸美《まるみ》や』の女将で、その女将が二人の子供を連れていたのだという。

女将と二人の子供が店の前を過ぎてから、為吉と熊三は、女将が連れている子供二人が猩々の舞の子だと知り、今頃からどこに行くのかと不審に思ったのだと言った。

丸美やとは何の店だと伊織が聞くと、平右衛門町の小料理屋の女将だというのである。

「おかつ、あの二人は女将を知っているのか」

「いいえ」

と言ったおかつが、すぐに何かを思い出したように、はっとした顔で叫んだ。

「梅ヶ餅ですよ、伊織の旦那」

「何、梅ヶ餅……」

伊織は怪訝な顔をおかつに向けた。

梅ヶ餅とは、諏訪町の隣町、黒船町《くろふねちょう》にある菓子餅屋のことである。猩寿と猩美が向嶋の桜餅を食べて以来、なにかというと菓子餅を欲しがって、それで近頃仕

事帰りにちょくちょく立ち寄っていた。むろん伊織も一緒なのだが、

「ほら、伊織の旦那が店の表で与七さんを待っていた時、そう、昨日の夕方ですよ、あたしも小用を足したくなってお店の手洗いを借りたんですが、戻って来た時には二人が見知らぬ女将さんに話しかけていたんです。それであたしが声をかけると、女将は慌てて帰って行きましたけどね、その時の人かもしれません」

とおかつが言った。

そこで伊織が為吉と熊三に、女将の人相風体を聞いてみると、年の頃、体つきなどが一致する。

「あの子たちもなんにも言わないから、二人の舞を見た贔屓の人だろうとあたしも思っていたのに、あの子たちを連れ出すなんて……」

おかつは怒りをぶちまけた。

「会って確かめる。為吉、熊三、一緒に行ってくれるな」

伊織は立ち上がった。

なんのことやらまだつかめていない駕籠かき二人は、目を白黒させて頷いた。

「そういえば、あれから二人の様子がおかしかった。普段なら猫の子のようにじゃれあっているあの二人が、妙に沈んじゃって。あたしは疲れているんだとばっ

かり思っていたんですが……」

おかつは伊織を戸口まで送りながらそう告げた。

「探索から帰って来た者に、暫時この話を伝え、俺からの連絡を待つように伝えてくれ、頼むぞ」

伊織はおかつに言い置いて、急ぎ平右衛門町に向かった。

小料理屋『丸美や』は浅草御門が左手に見える神田の河岸地に立つ瀟洒《しょうしゃ》な店だった。

玄関でおとないを入れ、女将に会いたいと若い衆に告げると、すぐに色白の三十半ばの女が出てきた。

「女将さん……」

申し訳なさそうな声を為吉と熊三が発すると、怪訝な顔で二人を見返した。

すぐに伊織が、この二人が昨夜女将が猩寿と猩美を連れて歩いていくのを見たと言っているが、いったい二人をどこに連れて行ったのかと険しい顔で問いかけると、女将はあっと口に手を当てた。

「間違いないらしいな、どこにいる」

さらに畳みかける伊織に、

「どこにって……」

きょとんとした顔をした。

「惚《とぼ》けるな、かどわかしの罪で死罪となってもいいのか」

「お待ち下さいませ。かどわかしだなんて、私、確かに昨夜、山城屋さんの別宅から二人を連れ出しましたが」

「そうだ、そして二人をどこかに監禁し、脅迫状をよこした……」

「まさか……じゃ、二人は帰っていないのですか」

「帰って来ていたら、ここには来ぬ」

「ああ……」

女将は気の毒なほど狼狽し挙措《きよそ》を失った。その表情を見る限り、悪意があって二人を連れ出したようには思えなかった。

女将は、息を整えて言った。

「人助けだと思ってやったことです。母子《ははこ》の対面が出来るようにと……」

訴えるように言う。

「待て……すると何か、あの二人の母から連れ出すように頼まれたのか……」

「いいえ、母親には会っていませんが、あの子たちの母親をよく知る方から頼まれまして」

女将の話によると、三日ほど前のこと、客の座敷に新しい酒を運んだ女将は、客から猩寿猩美を知っているかと尋ねられた。

客は高麗堂という茶道具を扱う店の主で、武家の連れと一緒だった。

高麗堂は、それまでにも二度ほど丸美やに来たことのある客だった。常連ではなかったが、その言動に疑いを持たなければならないような人ではないと女将は思っていた。

女将は酌《しゃく》をしながら高麗堂に話しかけた。

浅草寺に猩寿・猩美の舞を見に行ったが、舞のすばらしさはむろんだが、親なしだと聞いて、ついもらい泣きをしてしまったと……。

ほんの世間話のつもりだった。

すると高麗堂は、私もその話を女将にしてみようと思っていたところだと言い、深刻な顔で続けたのである。

「実はあの二人の母親がこの江戸に来ているのだ」

真面目な顔で、女将を見た。

「まあ……」

女将が驚きのあまり袖で口を押さえると、それを見計らっていたように傍《かたわ》らの武家を返り見て、

「こちらの御武家様が京から連れてこられた下働きの女中さんなんですが、病に倒れて私の家で療養をしているのです。何とその女中さんが二人の実の母だというのですよ。二人に会いたがっているというんです」

「まあ……」

女将は思わず傍らの武家に視線を走らせた。

「私もつい先日こちら様からお聞きしたばかりですがね」

高麗堂はそう言ってきり出した。

高麗堂の話によれば、母親は二人を捨てて村を出、今は暮らしに困ることもなく暮らしているのだが、そうなってみると過去にとった自分の行動が悔やまれてならない。懺悔《ざんげ》の日々を送っているが、はからずもこの江戸に二人が居ることを知った。出来れば二人にひと目会って、詫《わ》びのひとつも伝えたい。

母親はそう言って、病床で泣いているのだというのである。

「会えばそこは血の繋がった親子だ。母親の苦しみも解いてあげられましょう、また、二人の子の苦しみ恨みも消えるかもしれません。この先の励みにもなるだ

ろうし、生き甲斐にもなる。私も話を聞きまして是非会わせてやりたいと思うのですが、中に立ってくれるいい人がいない。そこでふっと女将の顔が浮かびましてな、あんたなら、母子が対面出来るようにひと肌脱いでくれるに違いないと思いまして参ったのです。いかがですかな、いや、ただでとは申しません。お礼はこの高麗堂がさせていただきます」

女将の気持ちを訊いてきた。

女将は息が詰まる思いで見返した。

なにしろ女将も、前夫との間に子を二人儲けたが、離縁して置いてきている。子の無事を祈らない日はなく、置いてきた事への罪悪感に襲われながら暮らしている。猩寿猩美と母親の心の内は自分のことのように思われるのであった。

高麗堂の言うのには、こっそり二人を誘い出し、母親に再会させて、またそっと宿に帰したい。

本来なら自分が子供たちに接触して誘えばいいのだが、私では子供たちもなじみにくいに違いない。

なにしろ二人の寄親面《づら》した与七という男と、用心棒を名乗る浪人、それに世話をしているおかつという女も、子供たちに素直に会わせてくれそうにもない。

「女将なら母親の気持ちがわかる筈だ。けっして迷惑はかけないからひと肌脱いでやってもらえませんか」

真に迫った目で訊くのである。

女将はつい首を縦に振ってしまったのだ。

それで、餅菓子屋さんにいた二人に近づいて、この江戸におっかさんが来ている。おっかさんが会いたがっていると告げ、これは内緒じゃないと会えないからと二人に念を押し、昨夜ひそかに表に二人を連れ出したのだと告白した。

伊織は、厳しいが小さな声で問い質《ただ》した。

「その高麗堂が連れて来た武家の客だが、赤松定勝と言わなかったか……」

「お名前は……」

女将が最後まで言うより早く、

「赤松という公家野郎じゃねえのか、えっ、女将……」

与七が飛び込んで来た。

与七は目を血走らせ、両手は拳《こぶし》を作り荒い息を吐きながら女将に迫った。どうやらおかつに話を聞き、じっとしていられなくなって走って来たようである。

女将は与七の剣幕に押し切られるようにこくんと頷いた。

「やっぱりあの野郎だ！　畜生……どうしてくれるんだよ、女将。あんな悪人に二人を渡して……」

女将に飛びかかろうとするのを、伊織は与七の腕をつかんだ。

「待て、与七。女将の話を聞け！」

「ですが旦那、あの二人の命にかかわる事ですぜ。もしもあの二人に何かあったなら、女将、あんたをかどわかしで訴えてやる」

与七は、怒りをぶつけるように口から唾を飛ばした。

「与七！」

伊織は一喝して、女将に顔を向けた。

「二人をどこに連れて行ったのだ」

「駒形堂の船着き場です。そこに高麗堂さんが待っておりました」

「何、では行った先は向嶋か」

「はい。向嶋に高麗堂さんの別荘がある。そこで母子の対面をさせ、責任を持って宿に帰すからという約束でした」

女将は言った。自分が利用されたという怒りよりも、二人を騙すのに一役買ったと知った女将の表情は硬く、白い顔はいっそう白く凍りついたように見えた。

八

だが、せっかくの女将の告白も、猩寿猩美探索には結びつかなかった。

まず伊織と与七が、女将から聞いた今川町に高麗堂を訪ねて向かったが、当の高麗堂の主は京に仕入れに出かけてひと月ほど留守だという事がわかった。

がっかりして山城屋の別宅に引き上げて来ると、五十がらみの男が伊織の帰りを待っていた。

「あっしは貸し船の船頭をしている源治《げんじ》と申しやすが、猩寿と猩美という二人の子供を船で運びやして」

と神妙な顔で告げた。

「長吉さんが源治さんのところに調べに行ってわかったらしいんですよ」

おかつがお茶を入れてきて言った。

「長吉親分には昔お世話になっておりやして、その親分からあっしがかどわかしの片棒をかつがされたと知らされてびっくりいたしやした。旦那、二人を運んだのは小梅瓦町《こうめかわらまち》の河岸でございます」

源治は訴えるように言った。

源治の話によれば、到着した河岸では京なまりの武家と、人相の良くない男が待っていて、二人の子供はその者たちに囲まれるようにして、すぐ目の前の家の中に入って行ったのだと言う。

「ちきしょう、やっぱりあの野郎たちだ」

与七が歯ぎしりして呟いた。

するといったん言葉を切った源治が、また思い出したように言った。

「そういえばあの家は、昨年まで蕎麦《そば》屋をやっていた店でございます。店は潰《つぶ》れて空き家になっていたのでございやすが……」

いつの間にまた人が住むようになっていたのかと首をひねった。

「親父さん、あとでそこに案内してくれるな」

「へい。お任せ下さいやし。どこであろうと川っぺりは頭に入っておりやす。実はここに来る前には長吉親分を案内いたしやして……」

と言うのである。

源治はそのことも伊織に告げるよう長吉からことづかっていたのである。

――二人の居場所はつかめたが、下手に動けば二人の子の命が危ない。

源治を帰してまもなく、伊織は弦之助に連絡を頼もうとして、

「おかつ、与七を呼んできてくれ」

台所から出てきたおかつに言った。与七は先ほどからふいにいなくなっていた。

厠《かわや》にでも行ったのかと思っていたが、しばらくしておかつが足早に来て言った。

「伊織様、与七さん出かけたみたいですね」

「何、どこに行った……」

「聞いていません」

おかつは首をひねったが、

「そういえば源治さんが帰ったあとでしたが、知らない人が与七さんに結び文を持って来たんです。与七さんはそれを見ると怖い顔して自分の部屋に入ったんですが……」

「その文、持って出たのか」

「だと思います。あたしはてっきり伊織様もご存知かと思っていたのですが。じゃ、与七さん、伊織様には何もおっしゃらなかったのですね」

おかつは意外な顔をした。

「お前は文の中味を聞いたのか」

「いいえ」

おかつは首を横に振った。

「しまった……」

伊織はおかつに、だるま屋への連絡を頼んで表に出た。

すでに陽は落ち、西の空に残光が広がっているばかりである。闇が覆い始めている川の流れは黒々と見え、その面を舳《へ》先《さき》に灯をともした荷船が一艘《そう》ゆっくりと下って行くのが見えた。

音もなく滑るように行くその船は、まるで闇に誘い込まれていくように見える。

――与七は、動転のあまり冷静な判断を失っているのに加えて短気だ。

伊織は急ぎ足で大川を右手に見ながら北に進んだ。与七の軽率な行動に少々腹を立てていた。

一人で乗り込むつもりだろうが、二人の子供に危害を加えさせないようにするには、それなりの配慮が必要だ。腹立ち紛れに乗り込んでいいというものではないのだ。

そんな奴だからこそあんな悪人たちにつけいられるのだと、伊織が先を行く人の影を一人一人確かめながら駒形堂河岸までやって来た時である。

とうとう与七の姿を見つけた。与七は灯籠《とうろう》の灯を踏んで、懐に手を入れ黙々と歩いて行く。

「与七！」

伊織が後ろから声をかけると、与七はぎくりとして立ち止まり振り返った。

きらりと目に光るものが胸元に見えた。

与七は慌てて手の甲で目をこすると、

「旦那……」

決まり悪そうな顔で見返した。

「何故無謀なことをする。お前一人で乗り込んだところで太刀打ちできまい」

与七は、はっとして胸を押さえたが、

「じっとしていられないんでございますよ、旦那……あっしの悪縁のためにあの二人に何かあったらと思うと、居ても立ってもいられないのでございます」

じりっと後退る。

「儀三から脅されているお咲とかいう女殺しの一件だな」

「旦那、あっしは人殺しなどしてはおりやせん」

「なら話してみろ、全《すべ》て吐《は》け。殺《や》っていないのならなおさら、儀三とここで縁を切るのだ」

「………」

促されて与七は頷いた。ひと呼吸してから語った与七の話によれば、お咲というのは与七と大坂で暮らしていた女のことである。

お咲は、小料理屋で仲居として働いていた。半端な与七がひともうけして、少々羽振りが良かった頃に知り合い恋に落ちた。

昔の話はしたがらなかったが、歯並びの綺麗な女で、与七よりひとつ上だった。

だから大金を手に入れた時も、

「いい気になって浮かれてたら、いまに命までとられるようになるんやから。うち、そんなこと耐えられへん。お願いやから、しばらく身ぃ隠して出直して……」

そう言ってくれたのである。

それで故郷にしばらく身を寄せることになったんです。その故郷から二人の男子を連れ帰って来た時にも、お咲は怒るどころか、

「これであんた、責任ある身になったんやから、もうへたなことでけへんで」

笑って母親役を買ってくれたのであった。

だが、与七が大人しくしていたのはほんの数ヵ月、博奕場にまた足を踏み入れ

た。

そしてやがて持ち金は使い果たし、三十両近くの借金をこしらえた。

「あんた一人なら出てっておくれと言いたいとこやけど、あの二人をこの大坂で放り出すことはあたしにはでけへん」

お咲はそう言うと、自ら遊郭に身を売って、借金返済に充《あ》ててくれたのであった。

だが、お咲はそれから半年後に亡くなったのである。女将の話によれば、急な病に倒れてあっという間に亡くなったというのだが、与七にしてみれば慚愧《ざんき》の念でいっぱいだった。

「すまねえ、おめえをきっと身請けする」

与七はそんな出来もしない事を言って送り出したが、女将の話では、与七のその言葉をお咲は信じて、皆に自慢していたというのである。

たった一人の最愛の女を遊郭に売った罪もさることながら、口から出任せを言って送り出した罪は重い。与七はずっと苦しんできたのである。

そんなある日、与七の前に、お咲の兄だという男が現れたのだ。それが儀三だった。

猩寿と猩美が師匠に暇乞《いとまご》いをし、一本立ちして舞を商いとし始めた頃だった。以後、儀三は与七が行くところ行くところ現れて、

「おめえが俺の妹を殺したんだ。すまねえと思ったら償いをしな」

もっともらしいことを言い、稼ぎを巻き上げていくのであった。

儀三が果たして本当にお咲の兄かどうかは疑わしいと与七は思っている。お咲は兄がいたなどと一度も話したことはなかったからだ。

儀三はどこからかお咲と与七の関係を聞いてきて、死人に口なしとばかりに勝手なことを言ってきているに違いないのだ。

だが、仮に儀三がお咲の兄ではなかったとしても、儀三の口車に乗って兄だと思って金を渡すことが、お咲の死に対する償いになる。与七はそう考えて自分を慰めてきたのである。

それが儀三にさらにつけいらせることになったのかもしれない……与七は深いため息をつくと、

「旦那……」

与七はきっと見て、

「しかしもう我慢ができねえ。今夜かぎりで儀三とも、きっぱり縁を切りたいと

思いやす」

「ならばなおさらだ。勝手な真似は止めてもらおう」

伊織は、与七が懐に差し入れていた手をむんずとつかんで引っ張り出した。

与七の手には晒《さらし》に巻いた匕首《あいくち》が固く握り締められていた。伊織はそれを奪い取ってさらに睨み据えて言った。

「俺たちに任せろ。お前の役目はこんなことではない筈だ。もうひとつ、懐にある文を出せ」

与七は観念した顔で、くしゃくしゃになった紙切れを取り出した。

「うむ」

伊織はそれも取り上げると灯籠の灯に翳して目を走らせた。

文には、
夜の四ツ、三百両持ち常泉寺《じょうせんじ》門前まで来い。お前一人で来い。他言すれば子供の命はない。

とあった。文は慣れた手によるものだった。

「三百両、持って来たのか」

「とても三百両は……これまでためた有り金はたいて百両、ここに……」

与七は腹を叩いた。腹帯の下にでも巻きつけてきたようである。

「これからのお前と子供たちの大切な金だ。落とさぬように気をつけて一緒に参れ」

伊織は自身の袂に文を入れると、駒形堂河岸を後にした。


薄闇に長吉が蹲《うずくま》っているのが見えた。

伊織と与七が小梅瓦町の河岸に近づいた頃には、いつの間にか月が出ていたのである。

長吉は周囲を柴垣《しばがき》で囲った草葺《ぶ》き屋根の家を、垣根に身を寄せて見張っていた。

「長吉……」

伊織が小さな声で呼びかけると、長吉は身をずらして二人を側に手招き、

「見て下さい。これのお陰で二人がこの家に連れ込まれたとすぐにわかりやした」

長吉は、懐から錦の独楽の刺繡をした袋と、金の鯛が泳いでいる袋を見せた。

「これは……」

与七が奪い取って、目を見開いて袋を見た。

「ひとつは船着き場に落ちていまして、もうひとつはこの柴垣の門前に落ちておりやした。もしもの時にと思ったのでしょう。賢い子供たちです」

「中には何人いる？」

「子供の他には、儀三の他に二人、一人はお侍です」

「うむ」

伊織は頷き、長吉に与七に寄越した文を見せると、

「旦那、実は儀三という男の素性を思い出しやして」

きらりと光る目を向けた。

きらりと光ったその目は流石腕のいい岡っ引だったという証、長吉はその事を伊織に報せに行く途中で船頭の源治に会ったというのであった。

「マエがあったのか……」

「はい。奴は上州の生まれなんですが、十年前に女を殺して上方に逃げた手配書が回っていた男でした。奴の手にあった醜い痕で思い出しやして」

「ちくしょう、やっぱりお咲の兄なんかじゃなかったんだ。お咲は丹波の生まれだったんだ」

与七が歯ぎしりする。

「思いがけない捕り物になりそうです。蜂谷の旦那に十手を返してはおりやすが、なあに、お縄にして蜂谷の旦那に渡してやります」

長吉は腕を捲《まく》った。

「弦之助が来たら知らせてくれ」

伊織は二人を垣根の所に残して、自分は音を立てぬよう柴垣を開けて庭に入った。

刹那、伊織は前栽《せんざい》に身を潜めた。

障子が開いて儀三が縁側に出てきて立った。庭の薄闇を睨んでいる。

「どうした」

中から声がすると、儀三は部屋に引き返しながら言った。

「誰かいるような気がしたのだ」

「落ち着け」

叱ったのは侍だった。余裕たっぷりの、女のような声だった。

「お前は意外と小心者やな」

侍には京なまりがあった。

弦之助が実見したという赤松定勝とかいう武士に違いない。伊織は体の位置を変え、開いた障子の向こうに見える光景に目を凝らした。

――猩寿！　猩美！

二人は後ろ手にしばられて、酒を呑む男たち三人の向こうに座らされていた。

「やい！　いつおっかさんに会わせてくれるんだ」

猩寿が叫んだ。震えてはいるが、勇気をふり絞った声だった。

すると儀三がけらけら笑い出した。

「馬鹿だなあ、おめえたちは……おっかあだと？　……そんな者はいる訳ねえじゃねえか。おめえたちの母親はよ、山で猩々とかいう怪物と不義をして、そしておめえたちが生まれたって訳だぜ。お天道様に顔向けできねえ事しでかして、人として生きてはいけねえ、そう考えて姿くらましたっていうじゃねえか。どうせとっくの昔にどこかでのたれ死にしたにちげえねえ」

「ちきしょう、おっかさんに会わせてやるって言ったのは嘘だったのか」

「騙したのか」

二人は口々に叫んだ。

「ぼうず、ようく覚えておけ。この世の中は、騙される方が馬鹿なんや、与七を見てみぃ。馬鹿にくそがつく大馬鹿で、お咲の兄だっていう俺が作った嘘っぱちの話を信じて金を貢いでくれてんだぜ」

「馬鹿じゃねえやい！」

猩寿が顔を真っ赤にして立ち上がった。

「そうだ、おとっつあんの悪口言ったら承知しないぞ！」

今度は猩美が立ち上がって儀三を睨んだ。

「与七がおとっつあんだと……」

儀三のからかうような物言いに、側でおもしろそうに三人のやりとりを聞いていた二人もくすくす笑った。

「猩美！」

猩寿が叫ぶと、二人は手首を縛られたまま、儀三に突進して行った。

「何しやがる」

流石の儀三もふいを食らってひっくり返った。

だが、

「止めろ！」

高麗堂に首ねっこを捕まえられた。

その時である。

突風のように庭から飛んできた人の影が、高麗堂を突き飛ばし、二人を背にまわして立った。いうまでもなく、伊織だった。

「おじちゃん！」

二人は伊織の腰にしがみついてしくしく泣き出した。緊張がとれ、涙が溢《あふ》れてきたようだ。

「もう大丈夫だ、帰ろう」

伊織が二人の手を引いたその時、

「そうはさせぬぞ。金と引きかえだ」

立ち上がった赤松が刀を抜いた。

だが、

「おっと待った、その台詞は俺の台詞だ」

弦之助が入って来た。

弦之助の後ろから、長吉、与七が走り込んで来て、猩寿猩美を腕に包み込むように外に出て行く。

行く手を塞《ふさ》ごうと廊下に出ようとした高麗堂に弦之助の剣が伸び、高麗堂は縮み上がった。

「邪魔をするな、お前は何者だ」

赤松が叫んだ。

「俺は一年前、お前に貸した鼈甲の品の代金を貰いに来た」

「はて、異な事を申すものじゃな、残念だがそんな話は覚えがない」

赤松は薄笑いを浮かべて言った。

「ならば思い出させてやろう。おい、嘉助」

弦之助は庭に向かって呼んだ。

すると、讃岐屋の嘉助が走り出てきて、ぐっと睨むと、

「間違いございません。この御武家様です。この方が籠脱け詐欺をやった方です」

伸ばした腕で赤松を指さした。

「よし、捕まえて籠脱けに利用された家の持ち主、西尾斧五郎殿にも首実検してもらおう」

弦之助が言った。刹那赤松が弦之助に飛びかかった。

「野郎！」

匕首を抜きはなった儀三は、伊織に飛びかかってきた。

「止《よ》せ」

躱すと同時に、すり抜けようとする儀三の背中をむんずとつかむと、後ろに引き倒して、その腹に拳骨《げんこつ》を叩きこんだ。

「ううっ」

儀三はうなりながら七転八倒し、そして伸びた。

「ああ、あああ……」

逃げようとした高麗堂が青くなってそこにしゃがんだ。

「お前は高麗堂ではないな。高麗堂の名を騙るもと番頭金之助、店の金をくすねて店を追い出されたらしいが、もうこれでおしまいだな」

伊織はしゃがんでそう言い聞かせると、金之助のみぞおちに拳を見舞った。

どたりと横倒れになった金之助を見定めて立ち上がると、

「口ほどにもない奴め」

弦之助も、赤松を峰打ちしたところであった。

「いやはやご苦労さまでございました。皆様のおかげで昨年記しました『髷甲の騙り』の続編、それから猩寿猩美についても誰よりも仔細に記述できます。ささ、お藤がささやかですがお膳を用意しております。どうぞ、どうぞ」

だるま屋の吉蔵の機嫌のよいことこの上ない。

それもそのはず、長吉は儀三捕縛に貢献し、弦之助は詐欺師赤松定勝をとらえた事で、だるま屋は奉行所から金一封を貰ったのである。

吉蔵は黒紋付きの羽織袴で奉行所に出かけて帰ったところだ。

ただ、皆の胸には猩寿と猩美の今後のことが気がかりだった。

五日前の水戸屋敷が最後の興行だったのだが、その時山城屋は、

「お任せ下さい、悪いようにはいたしません」

伊織にそう言った。だが、その後二人がどうなったのか知らされてはいなかった。

「伊織様……」

吉蔵に促されて入ろうとした伊織は、ふと後ろを振り向いた。

「猩寿、猩美……」

二人が元気に駆け寄って来た。

冬の日に、首からかけた金の鯛の袋と錦の独楽の袋が揺れている。

与七も、ふうふう言いながら、二人の後を追っかけて来る。

「伊織様、ありがとうございました」

「ありがとうございました」

二人はぺこりと頭を下げた。

「案じていたのだ、どうしているのかと思ってな」

「伊織の旦那、お陰様であっしも一緒に山城屋の旦那に拾っていただくことになりやした」

与七が照れくさそうな顔で告げた。

「良かったではないか」

「はい。明日江戸を発って山城屋の旦那と京に参ります」

「そうか、京にな」

伊織が頷くと、

「おいらたち、京でお能を習うんだ。観世のえらい先生に習ってきっと立派な能役者になるよ」

「楽しみにしているぞ」

二人は揃ってこくりと頷くと、

「もうおいらが猩寿か猩美かわかるよね、伊織様」

錦の独楽の袋を提げた子が、伊織をからかうように言った。

二人は伊織が、首にかけていた袋で猩寿か猩美か判別していた事を知っていたのだ。

「当たり前だ、おまえが猩美、そしてこっちが猩寿じゃないか」

金の鯛の袋の子に、にこりと笑みを送った。

「わーい、やっぱり間違えた」

二人はころころ笑い転げた。そしてどちらともなく、

鶴も亀も　亀も鶴も　遊べや遊べ　舞遊べ

口ずさみながら舞い始めた。すぐに人だかりが出来た。

「伊織様……」

お藤が出てきて伊織の側に立ち、

「おっかさんにも会えなくて、あんな大変な目に遭ったのに……」

きらきらと目を輝かせて舞う二人を見て涙を拭った。

第三話　蕗《ふき》摘み

一

冷たい風が、ぬかるんだ路を吹き過ぎていく。

正月よりこちら、雪が降ったり止んだりの御成道では、流石の吉蔵も店の前に筵を広げることかなわず、昨日も今日も店の中で筆を走らせていた。

筆記しているのは『人面獣出現』と題した、仙台《せんだい》領内小川《おがわ》村からの報告である。これは同藩留守居役に国元から送ってきたものだが、つてがあって吉蔵の手元に届けられたものである。

話の概略は、小川村の杣《そま》で浅右衛門《あさえもん》という男が、夕方奥山からの帰りに、身の丈一丈（約三メートル）ほどの人間の形をした猛獣に出くわした。白い髪をしたその猛獣は、手に人間の腕を握っていた。

浅右衛門は仰天して気絶し、気がついた時には猛獣は姿を消していたというのだが、江戸の留守居は真実を確かめるため再調査を国元に促したところ、墓を掘り起こし牛馬を捕る猛獣が出現している事が判明した。

それは一見白い猿のようでもあるらしいのだが、鉄砲を撃ちかけても物ともせず逃走し、手の打ちようがないらしい。

物頭なども出役《しゅつやく》に及び探索したのだが、なにしろ偏僻《へんぺき》につき、それ以上の追跡は難しいという話であった。

この世には不可解な話が多々あるが、これもそのひとつ、後世に残しておかなければと、筆をなめなめ書き記した吉蔵だが、ふいに冷たい風に襲われて顔を上げた。

「やい！」

見知らぬ者が店の中に入って来た。

「あんたが吉蔵さんだね、ありもしねえ事ばかり書きやがって、こいつをどう、始末つけてくれるか聞きにきたんだ！」

つかつかと吉蔵の前に歩み寄ると、握っていた紙を突き出した。

吉蔵は、一瞬目をぱちくりさせてその者を見た。

なにしろその者は頭は総髪の男髷、着物も男物の青の縦縞を着こなしているのだが、声はどう聞いても女のものだった。

「はて、どなたでしたか……」

吉蔵は惚けてみせた。

なにしろこんな商売をしていると、時々いちゃもんをつけてくる輩はいる。それだけ吉蔵のお記録が、この江戸では読まれているという証拠だが、いちいち相手にしていたら、心づもりのお記録を記す時間がなくなる。

「どなたもこなたもないよ、まず、これを見な。こちらの店で出したお記録だろ？」

ぐいと吉蔵の面前に紙を突きだして振って見せる。

吉蔵は受け取って一見し、そして女を見て頷いた。

その記録とは、昨年の夏、岡っ引の鉄三《てつぞう》という男が、名うての盗っ人『カマイタチ』の仁助《じんすけ》を追い詰めたものの、功名心に走って、鉄三は加勢も呼ばず独断専行し捕縛ならず、それればかりか逆に、賊に殺されて逃がしてしまったという顚末《てんまつ》だった。

確かに吉蔵が書いたものだった。

「この何を、どう始末をしろと……」

「この記事は間違っていました、真実ではありませんでしたと記録を直してほしいんだよ」

「無理なことを言うお人だ。一度書いた記録が違っていたとして書き直すのには、再度見届けをして確かめねばなりません。今のところ、書き直すほどの新たな材料が見つかったとは聞いていませんが……」

「し、しかし、これじゃあ、岡っ引の鉄三は、大馬鹿者に見えねえか……」

「そうでしょうか」

「そうでしょうかはないだろ……鉄三は功名心になんか走る男じゃねえよ。それはこの俺が一番良く知ってる」

「ひょっとして、鉄三さんの知り合いですか」

「そうだ、俺はお馬《うま》という者だ」

「お馬さん、功名心とは無縁のような人が、いざとなるとムラムラとその気になったりすることもあるんですから……はい、そういうことですから今のところお記録の書き直しは考えておりません」

「調べ直せばいいじゃないか」

「うちは手が一杯です。また何か新たな手がかりでも生じれば、その時に鉄三さんの事も調べて書きましょう。ですが今は無理ですな」

「そうか、手が足りねえってことか……だったら俺を見届け人の仲間に入れてくれねえか。この記事の真相は俺が調べる」

お馬という女は、吉蔵の手に広げてあるお記録を、とんとんと叩いてみせた。

「駄目だな、見届けは女の出来る仕事ではない」

声と共に伊織が店に入って来た。

お馬は振り返って伊織をきっと睨むと、

「あんた誰だい、余計なこと言わないどくれ」

唾《つば》も飛ばさんばかりに噛みついた。

「俺はここの見届け人だ、秋月伊織という。お前のためを思って言っている。見届け人の仕事は捕り物ごっこじゃないんだ。さっ、帰りなさい」

お馬の腕を取るようにして、外に追い出した。

「ちきしょう、俺は帰らねえぞ！　……雇ってくれるまで、ここを動くもんか！」

外から喚《わめ》く声が聞こえてきた。

「伊織様、吹雪いてきたようです。傘をお持ち下さいませ」

吉蔵に見届けの報告を済ませ、お藤の手料理を頂いて、伊織が店の三和土《たたき》に下りると、お藤はすばやく店の隅に置いてあった傘をとって伊織に渡した。

「かまわぬ。長屋はすぐそこだ」

「いいえ、お風邪を引いたら大変です……」

チラと視線を流す。だがその眼にはいつもとは違う憂いがあった。その眼を伏せてお藤は言った。

「先日お屋敷の方がおみえになっていたと聞きました。伊織様、まさかお屋敷にお帰りになるんではないでしょうね」

心配そうな小さな声だった。

「いや、姉上が心配性でな、新しい肌着を届けてくれたのだ」

「よかった。私、嫌な夢を見たんです。伊織様がこのだるま屋を見限ってお屋敷にお帰りになる夢を……」

「お藤……」

伊織は返事に窮して苦笑した。

兄も嫂も口には出さないが、早く見届け人とは縁を切り、屋敷に戻ってほしいらしいのだ。それは頻繁に家の者を寄越して様子をみさせている事からも察せられる。

秋月家のためにも伊織は遠からず自身の身の振り方を考えねばならないが、しかし、

――嫂に子が生まれれば自分の身の置き所はない。

次男の伊織にも出仕がかなって別家を立てることが可能ならこれに越したことはないのだが、いずこかに養子に行くことも含めて、遠からず決着をつけなくてはならぬ。

「それも……」

伊織の迷いを推し量るようにお藤は言った。

「奥様をお迎えになるのだとおっしゃって……」

さすがに恥ずかしそうに言い澱む。

「馬鹿な、俺がだるま屋を見限るものか。だいたいどこの誰が俺の妻になってくれるというのだ……」

伊織は一笑に付し、お藤の詮索を吹っ切ると表に出た。

だが外に出たとたん、眼前の光景に思わず見とれる。

闇に白い雪が落ちていた。

だが傘を開こうとして、ふと強い視線に気づいて眼を凝らした。

「お馬！」

お馬が軒下に蹲り、がちがち震えながらこちらを睨んでいた。

「お前は、ずっとそこで頑張っていたのか」

伊織は近づいてしゃがみ込んでお馬の顔を見た。

「お、俺は、雇ってくれるまで、か、か、帰らねえと言っただろ」

歯を鳴らしながらお馬は睨む。

「まったく、しぶとい奴だな」

と言ってみるが、放ってはおけぬ。

「とにかく中に入れ。も少し話を聞こう」

伊織はあきれ顔で言い、振り返ってお藤に頼んだ。

「すまぬが何か温かいものを頼む」

お馬は、招き入れられた茶の間の炬燵《こたつ》に膝を入れると、お藤が出した甘酒を一気に飲んだ。

「美味い、ありがてえ」

口の端についた甘酒を一方の二の腕でぐいと拭き取ると、

「すまねえついでに、もう一杯貰えねえか」

お藤に言った。

「こちらの方がいいんじゃないですか」

お藤は用意していたおにぎりと漬け物を出した。

「いや、ますますありがてえ、いただきやす」

遠慮がないというか、図々《ずうずう》しいというか、お馬は大口をあけてむしゃむしゃと食べ始めた。

よく見ると化粧はしていないが、解けた雪に濡れた肌が美しく光っている。丸顔に愛らしい目をしていて、お馬がどう男振ろうと、間違いなく若い娘には違いなかった。

吉蔵は、ちびりちびりとやりながら、そんなお馬を苦々しい顔をして眺めていたが、お馬が握り飯を食べ終わり、食後の茶を手にとったのを見て思いついたように言った。

「ひょっとして、あんた、あの岡っ引鉄三さんの娘さんかね」

「ういっ」

茶を飲んでいたお馬がむせかえりそうになって吉蔵を見た。だがすぐに待っていたように膝を直して座り直すと、

「へい、おっしゃる通り、俺は鉄三の娘でござんす」

吉蔵の顔をじっと見て、

「父一人娘ひとり暮らしてきやした。といっても話は長くなりやすから途中ははぶきますが、俺は長い間家を空けておりやした」

「つまり、家出をして……そういう事ですな」

「へい」

お馬は乱暴な仕草で頭を搔《か》くと、

「ところがある日、つまり昨年の夏のこと、親父が亡くなったと仲間から聞きやしてね。それで家に帰ってみると殺されたって言うじゃありやせんか。俺は耳を疑いました。あの用心深い親父がそうやすやすと殺される訳がねえ。しかも読売や、こちらが出したお記録にも親父が功名心に走って殺されたなんて書かれている。とくに俺はこちらのお記録にあんな風に書かれたのに腹がたちやして……だってそうでしょうが、読売なんかとは違って、このだるま屋の記録は信用がおける。それが世間の通り相場だっていうのによ、そのだるま屋までもが……ちくし

よう、娘として黙っていられねえ、そう思ったらじっとしていられなくなりやしてね……」

お馬はそこまで一気にしゃべると、ごくりと残りの茶を喫した後、話を継いだ。

腹を立て思案にくれたお馬は、父の鉄三が十手を預かっていた北町の同心道村《みちむら》由之助《よしのすけ》にカマイタチの仁助をこの手でお縄にしたい、だから自分を使ってくれと申し出た。

ところが道村由之助はどうしても駄目だと言う。いや、それればかりじゃなく、

「あんたが男なら別だ。親父さんの敵《かたき》もとらせてやりたいと十手を授けるところだが、お前は女だ。悔しい気持ちはわからないでもないが、そんな事をするより、かねがね親父さんが心配していたその形《なり》を止めろ。女らしく振る舞うことこそ、亡くなった親父さんの供養だろうよ」

などとよけいな説教までされてしまった。

かくなる上は一人でもやってやると意気込んで、父親の死体が見つかったあたりでカマイタチの足跡を洗い直そうとしてみたが、雲をつかむようで何の手がかりも得られない。第一聞き込みをしても誰もお馬など本気にしてくれない。

万策尽き果てて吉蔵のところに飛びこんできたというのである。

「よし、こうなったらと、それでこちらを訪ねたという訳でして」

話し終わったお馬は、吉蔵を、そして伊織の顔色を窺うように見た。

「ふむ」

伊織は組んでいた腕を解いて、

「鉄三がカマイタチを追っていたことは間違いない。だから鉄三を殺したのはカマイタチだと大方の見るところだが……」

「そう思うのが落とし穴だってこともあるだろう？」

すかさずお馬が言った。

「何、どういうことだ。何か親父さんから聞いていたのか」

お馬を見た。

「いえ、それは……ただこれは、誰にも話してはおりやせんが、親父が亡くなってまもなくでした、俺が他出している隙に、何者かが家の中を荒らした形跡がありやして」

「何……」

「カマイタチだったとしたら、何故そんな事をする必要があったのかと思いやしてね」

「………」

「俺の勘だが、親父はカマイタチだけを追っかけていた訳じゃあねえ。そう考えると、闇が深くて俺一人ではとても手に負えねえ、知恵を借りてえ、そう思いやしてね」

「それで見届け人をやろうとな」

「俺がやらなくちゃあ親父はずっと馬鹿な岡っ引のままだ。そうだろ」

「気持ちはわかったが、あんたを見届け人に加えることは無理だな」

吉蔵がじろりと見てつき放すように言った。

「親父さん」

「お前の気性では無理と言っている。怪我でもされたらこちらが迷惑」

「ちきしょう」

立ち上がったお馬を伊織が引き留めた。

「まあ待て」

そして吉蔵に向き直った。

「親父さん、どうだろうか。この一件に限りお馬をだるま屋の預りにしてやっては……」

「伊織様、酔狂がすぎます」

「何、決して勝手なことはさせない。俺の指図通りに動くと約束させる。カマイタチのことは、ああ書いたものの親父さんも追っかけて調べてみたいと言っていたではないか」

「ありがてえ、恩に着ます。この通りです」

お馬は、大げさに両手をついて懇願した。

二

翌朝のことである。伊織は物音に気づいて目が覚めた。

いい香りもしてくる。味噌汁《みそしる》の匂いだった。

がばと起きると空気が暖かい。

俺はどにいるのだと見渡したが、間違いなく自分の長屋である。

——まさか、お藤が……。

慌てて身繕《みづくろ》いして布団を隅に押しやると、

「旦那、目が覚めたら飯にしようぜ」

お玉を持ったお馬が顔を覗かせて、にっと笑った。

「お、お前……」

「旦那のお陰で仲間に入れてもらったんだ。そのお礼に朝飯をつくってみたんだが、食べてくれるかい」

「お、お前がこれを……」

伊織は膳の上に載っているほくほくの湯気の出ているご飯と、豆腐が覗いている味噌汁と、少々焦げてはいるが皿に数匹のっているめざしにびっくりした。

「いいから、早く」

促されて、

「わかった、顔を洗ってくる」

外に出ると、そこに両袖に手を差し入れて組み、ふくれっ面をしたお袖《そで》が立っていた。お袖はこの長屋の住人で水茶屋に勤めている娘である。伊織が長屋に入居当時から、ちょくちょく顔を出して世話をやいてくれるのだが、お藤や女の客が来ているのを見ると急に機嫌が悪くなるのだ。

「旦那も隅におけないわね、お藤さんもさっき帰ってしまいましたよ。ふん」

下駄を鳴らして自分の家に入った。閉めた戸が、これでもかというほど音を立てた。

朝飯を作ってくれた事はありがたいが、

「お馬、朝飯づくりは今日だけでいいぞ」

味噌汁を一口飲んで伊織は言った。味噌汁の味は意外に美味い。

「旦那が嫌だって言うんなら俺は止めるよ……」

にやりと笑って、

「旦那もいろいろ事情があるようだしさ」

「余計な詮索は無用だ、お前も早く食べろ」

「へい。頂きやすが旦那、旦那は俺を女と思っているんでしょうね」

「当たり前だ」

「旦那……おねげえしやす。今日から俺は馬吉《うまきち》ということで」

「馬吉……」

吹き出しそうになつてお馬を見直すと、

「へい、あっしは自分じゃ男と思っておりやすから、仕事もそのほうがやりやすい。女だと馬鹿にされやす。それで馬吉と」

「お馬、俺は人を見かけで判断しないぞ。むしろ、今度の調べが終わったあかつきには、お馬はお馬らしい娘に戻ることがいい、そう思っている一人だ」

「旦那……」

「とにかく腹ごしらえだ、見届けの仕事はきついぞ」

お馬を急かして食事をしていると、

「伊織様」

長吉がやって来た。

「こちらが鉄三とっつあんの娘さんで……」

にこにこしてお馬を見た。

「親父さんから聞きましてね、あっしも鉄三とっつあんをまんざら知らねえ訳ではなかったものですから」

上がり框《かまち》に腰をかけた。

「長吉という者だ。この人も昔北町の岡っ引だった人だが、俺たちと同じ見届け人をやっている」

伊織がお馬に紹介すると、

「おとっつあんを知ってるのなら……」

お馬は立って長吉の側に来て膝を揃えると、

「長吉の親父さん、親父さんはおとっつあんが功名心のために、一人でカマイタチを捕まえようとして殺されたと思いやすか」

食い入るような目をして聞いた。

「いや、あんたのおとっつあんはそういう人ではありませんでしたな」

「あ、ありがとうございやす」

「伊織様、実はあの事件の折、あっしもどこか腑《ふ》に落ちないと思っていたのでございやす。カマイタチはもう相当な年齢だと存知やすが、これまでに一度も人を傷つけたことがありやせんでしたからね」

「ふむ。吉蔵もそんな事を言っていたな」

「へい。そうは言うものの、他の事件に伊織様もあっしもかかりきりで、あのお記録はだるま屋の者が見届けて書いたものではない筈です」

「ふむ。見届けをきちんとやる必要があるな」

「へい。親父さんからも許しを得ております。あっしも手伝いますぜ、伊織様」

長吉はきりりとした顔をひきしめた。

「あら……旦那ですか、お馬ちゃんが言ってた旦那というのは……」

女は大げさに驚いてみせると、側で大根を洗っている女と顔を見合わせてくすくす笑った。

「お馬が何か申しておったのか」

「ええ、鉄三さんの敵をとれるかもしれないって。張り切ってるんだから……で、だるま屋さんに行ったんだって」

お馬は早速だるま屋で仕事を始めたことを、長屋の者たちに吹聴《ふいちょう》しているふうである。

「うむ……」

ずけずけ聞かれて伊織はたじろいだ。

長吉とお馬を探索にやったのち、まずはお馬について知っておかなければとやって来たのだが、こちらが名乗る前に井戸端にいた女たちは、伊織を珍しいものでも見るような目をして寄ってきた。

住まいは日本橋より東にある稲荷新道《いなりじんみち》から入った古い長屋である。

表通りの小間物屋の話では、鉄三はこの辺りでは稲荷の鉄つあんと慕われ頼られていた岡っ引だったという。

それがあってか、長屋の者もお馬の名を出すと親しそうな顔で迎えてくれた。

「いつからあんな格好をするようになったのだ……」

伊織がお馬の家の戸口を指して女に聞くと、

「もうだいぶんになりますよ。十三、いや十五歳だったかしらね、家出しては帰って来るのくり返しを始めたのは……その頃だったでしょうかね、髪を男髷に結い、着物も男物を着けるようになったのは、仲間に馬鹿にされたくないって言ってましたね」

「親父さんは、お馬に何も言わなかったのか」

「娘にゃ弱かったから……というのもさ、鉄三さんはおかみさんのおつやさんと離縁しただろ」

「離縁……それでお馬は鉄三と二人暮らしだったのか」

「ええ、おつやさんにしてみたら、金にもならない岡っ引の仕事に熱心な鉄三さんに嫌気がさしたんじゃないのかしらね」

「違うよ、それ」

ふいに、それまで横で聞いていたイノシシのような鼻をした女が前に出てきた。

「鉄三さんは日本橋《にほんばし》筋の大店から結構心づけがあったんだから、うちなんかよりよっぽど暮らしは楽だった筈だよ。それも一軒や二軒じゃないもの。それに同心の旦那からもお手当もあったというしさ……離縁したのは、おつやさんに男が出来たからだって聞いてるよ」

先の女に反論したのち、

「おつやさんは小料理屋の仲居をしてたんですよ。鉄三さんは心根はいいんだけど四角四面の人だからね、家に帰ってきたってむっつりしてさ。年中そんなんじゃ女房は疲れちゃうよ。あたしだって時々、うちの亭主うっちゃって、男ぶりのいい人とどうにかなってみたいもんだと思うもの」

イノシシの女は知っているのは自分ばかりだと得意気に伊織に言い、ふふふと鼻を鳴らして笑ったのち、

「そういえばさあア……」

するとまた別の女が声を潜めて、

「お馬ちゃんが町のちんぴらたちと遊ぶようになったのは、おっかさんが恋しくなっておつやさんを訪ねて行って……それからあんな風になっちまったような気がするよ」

目をぱちくりさせて伊織を見た。

「ふむ。おっかさんと何かあったのじゃないか、そういう事だな」

やっと伊織は口を挟んだ。伊織が聞くまでもなく、二人の長屋の女房が、入れ替わり立ち替わり話をしてくれるものだから、口を挟む頃合がなかったのだ。

「なんだかよく知らないけど……」

だがイノシシ女は頼りない声を発したのち、ちらりと視線を伊織に投げると、

「これはあたしの勘だけど、おっかさんが新しい男といちゃいちゃしているところでも見たんじゃないかと思ってるの。そうとしか考えられないもの。あんなに仲が良かったおっかさんに、そのあと一度も会いに行った話は聞いていないからね。可愛そうなのはお馬ちゃんさ、誰だってああなるさね」

女は、感情を高ぶらせて涙をぬぐった。

「おっかさんはどこにいるのだ」

「ここにいた時は伊勢町《いせちょう》の『巴や《ともえ》』って小料理屋に行ってたけど、今はどうだか……」

「巴やだな……もうひとつ、鉄三の仕事を手伝っていた者はいたかな、下っ引の一人や二人使っていたんじゃないかと思うのだが……」

「いましたよ、源吉《げんきち》さんて若い者が来てましたよ」

「この近くの者か」

「隣町の入歯師の倅ですよ」

「ほう、入歯師の倅が捕り物に弟子入りしていたのか」

変わり種もいるものだと問い返すと、

「いやさ、これがまたお馬ちゃんにほの字でさ」

女二人は目を合わせて意味深な笑みを交換したが、最後は真顔で伊織に言った。

「旦那、お馬ちゃん、あんな姿してるからって心配なんでしょうが、本当はおとっつあん思いのいい娘さんなんですよ。あたしたちからもよろしくお願いしますよ、旦那」

三

伊織は『口中入歯・源十郎《げんじゆうろう》』と書かれた看板を認めて立ち止まった。

まだ木の香りのするような檜《ひのき》の格子戸の店先から中を覗くと、入ってすぐの板の間に、裕福そうな客が二人順番を待っていた。

なかなか繁盛している入歯師のようである。

入歯師とは、入歯をつくる人のことをいうが、歯茎《はぐき》のところは黄楊《つげ》で造り、歯は蠟石《ろうせき》でこしらえて、黄楊でつくった歯茎のところに溝をつくって、そこにはめ込むのである。その歯は漆《うるし》や三味線の糸で固定するのだが、作業は細かく手の込んだ細工である。

昔は歯磨きを売っていた香具師《やし》がこの職を兼務していたが、近頃では家を構えて入歯師として商っている。

中には医療も行うところも出てきていたりして、上下の入歯をつくれば三両とも五両ともいわれる金が手に入るから、結構な稼業のひとつとなっている。

——そんな家の子が家業も継がずに岡っ引の手下をやってたとはな……。

おとないを入れようとしたところに、

「源吉！」

中から怒声が聞こえ、若い男がふて腐れた顔で玄関に出てきた。

そのままどこかに行こうとするのへ、

「源吉だな」

伊織が呼びかけた。

「そうだが、何の用ですか……」

明らかに不服そうな顔で聞いてくる。家の中で何かあって飛び出してきたようだった。

「少し聞きたいことがある。鉄三とっつあんのことでな、お馬のたっての願いで調べているのだ」

「お馬ちゃんが……お馬ちゃんが親父さんのこと調べているんですか」

源吉は驚いた顔で言った。だがその驚きは、お馬の無謀さに戸惑っている風ではなく、お馬の行動に心動かされた、自身もそれを待っていたような昂《たか》ぶりが伊織には見てとれた。

案の定、伊織が近くの蕎麦屋に誘うと源吉はついてきた。そして、

「あっしも、親父さんの無念を晴らしたいと悩んでいたところでした」

蕎麦屋の上げ床に座るや否や、顔を引き締めて伊織を見た。先ほどふて腐れて家を飛び出して来た時とは別人の、一途な若者の顔に見えた。

「すると、何か気がかりな事でもあったのか」

「へい」

源吉は座り直して膝を正すと、事件のあらましを伊織に語った。

それによると、昨年の夏の夕刻、鉄三は、かねてより足取りを追っていたカマイタチが、浅草の今戸《いまど》橋袂にある船宿『奥井《おくい》』に逗留しているのを突き止めた。

決め手は、かつて押し入られた事のある家の者から聞いた人相だった。カマイタチは眉の毛が長く、奥目であった。カマイタチという字は、その人相から来たものである。

ただ、カマイタチと鉄三の対決は今始まったものではなく、鉄三が北町の同心道村由之助の父親から十手を預かってからずっと続いていて、昨日や今日の因縁ではない。

それが昨年になってようやく、カマイタチと呼ばれていた男は仁助という名の者であり、昔別れた娘が吉原にいるらしいという話を聞きつけたのだった。

そこで鉄三は今戸橋周辺から吉原堤《づつみ》を丹念に洗った。特に今戸には吉原に通うために立ち寄る船宿があり、周辺を熟知している者が暮らしている。その者たちに聞き込みをした。

カマイタチの仁助が人の親なら娘に会いたい筈だと鉄三は考えたのだ。虱潰《しらみつぶ》しに船宿や茶屋を当たった。

そしてとうとう、奥井に逗留している六十がらみの客に行き当たったのである。

店の者が外出するのを待ち伏せて逗留している客の名を聞いたが、名は忠左衛《ちゅうざえ》門《もん》だというのだが、奥目で長い眉を持つ客だと聞いた。

のである。

ただ、忠左衛門と名乗るその者は、血のつながった姪っ子が女郎に売られたと聞いてやって来た。どこの女郎宿にいるのか調べてほしいと女将に頼んだらしいのである。

吉原に売られたという女が、娘と姪との違いはあるが、それは世間をはばかってのこと、鉄三は忠左衛門がカマイタチの仁助だと確信を持った。

ただ鉄三は、せめて忠左衛門が姪っ子と会うまで待ってやろうとして、すぐには踏み込まず、源吉とかわるがわる張り込みを続けていたというのである。

だが、夏も終わる頃、忠左衛門の姪っ子はとうに病で亡くなっているという報せが届き、カマイタチの仁助は明日奥井を去るのだと聞いた。

「今夜しかねえ。道村様に連絡してこい」

源吉は鉄三の命を受けて、その晩道村由之助に応援を頼みに夜道を奉行所に走ったのだった。

だが、源吉が道村を案内して、鉄三が張り込んでいた河岸に戻ると、そこには鉄三の遺骸《いがい》が転がっているばかりで、肝心のカマイタチはすでに宿を出立して奥井にはいなかったのである。

「伊織の旦那……」

源吉はそこまで話すと歯を食いしばって悔しがり、

「カマイタチの仁助には賞金がかかっておりやした。通報した者には五両、捕まえて奉行所につきだした者には三十両……」

「ほう、それは初めて聞いたが……」

「だから親父さんを知らねえ人は、功名心や金欲しさにとらわれて先走って殺されたんじゃねえかって噂されやしたが、そんな親父さんだったら、どうして忠左衛門と名乗って娘を捜す仁助を待ってやったんでしょうか。そうじゃあござんせんか」

「その通りだな」

「へい。世の中は、名うての盗賊を捕まえればやんやの喝采をする癖に、失敗すればくそみそですよ。お馬ちゃんもそうでしょうが、俺だってくやしい」

源吉は、唇を噛んだ。

「源吉、これは大事なことだが、お前は鉄三が殺された時の傷を覚えているか」

「へい、そりゃあもう」

「教えてくれ、どこをどうやられていたのだ……」

「心臓をひと突きして喉を切り裂いておりやした」

「何……」

随分手慣れた殺しだと伊織は驚いた。念には念を入れて確実に殺している。

「カマイタチの仁助はこれまでにも殺しを重ねているのか？」

「いいえ、一度もそんなことはありやせんでした。盗み入った先で怪我ひとつも負わせたことはないと聞いておりやす」

「………」

「だけどあの時ばかりは、追い詰められたカマイタチが匕首で殺ったのだと……」

「匕首……匕首だとどうしてわかる。落として行ったのか」

「いいえ、俺は匕首じゃねえって思いましたけど」

「けどとは……検視はしたのだろう？」

「はい、ですが、その検視をなすったお方が、匕首で殺られたんだろうっておっしゃいまして……」

源吉は不服そうに言い、

「伊織の旦那、手伝わせて下さい、おねげえします」

必死の目を向ける。

「うむ、それは願ってもない話だが、いいのか家の方は……」

「かまうもんか、俺は入歯師なんてまっぴらだ。家の中でこつこつ細工仕事をするより、表に出ているほうが性に合ってる。お馬ちゃんが道村様から十手を預かるようなら、俺は下っ引に使ってもらおうと考えてたぐらいだ。だけど道村様は首を縦に振らなかったんだ、親父さんを死なせてしまって、その上お馬ちゃんまで危ない目に遭わせる訳にはいかねえと……」

「わかった、ならば急いで、鉄三の遺体を検死した者の名を調べてくれぬか」

「承知しました」

源吉は行きかけたが、ふっと思い出したように振り返って言った。

「そういえば、親父さんは誰かに狙われていたようでした」

「何……」

「一緒に歩いている時に、俺に後ろを振り向くなって……それで俺は知ったんです。気になって親父さんに聞いたことがあるんですが、何か心当たりはありませんかと……親父さんは、おめえは知らなくていいって……」

「すると鉄三は知っていたのか、自分を尾けている者が何者か」

「へい、おそらく……」

源吉は険しい目をして頷いた。

「いえ、おとっつあんが狙われていたなんて、そんな話は聞いていません」

お馬は、怪訝な顔で言い、飲み干した茶碗を置いた。

伊織とお馬は、舟宿奥井の店の玄関に設けた腰かけに座り、出して貰った茶をすすっている。

ここ数日お馬と長吉は、盗人仲間を当たっていた。

長吉が足を洗わせた矢切《やぎり》の政蔵《まさぞう》という男が、木挽町《こびきちょう》で船宿をやっている。その男に協力を求めて、情報を集めていたのだが、

「親分、やっぱりカマイタチは去年の夏以来、ぷっつり消息を絶っておりやすよ」

申しわけなさそうに言ったのである。

カマイタチの仁助が最後に逗留していたのが船宿なら、政蔵の商いも船宿ということで、長吉は政蔵に頼んでその後も船頭を当たっている。

それでお馬は伊織と一緒に、昨年の鉄三の足取りをたどる事になったのだが、
奥井の女将が事情を聞いて、

「それなら、当時忠左衛門さんをお世話していました仲居を呼んでさしあげまし

ょう。その人にお聞き下さい」

そう言ってくれたのである。

それで、店の玄関内の待合《まちあい》で待っているのだが、奥井の若い衆がその仲居を呼びに行って、かれこれ半刻《はんとき》になる。

もうそろそろだろうと大きく息をついたところに、

「お待たせ致しました。おとしと申しますが、何か忠左衛門というお客さんのことでお聞きになりたいとか……」

怪訝な顔で伊織に言った。

色の黒い中年の女だった。お馬の姿に驚いている様子が窺えたが、この人はその河岸で殺されていた岡っ引の娘だと紹介すると、

「お気の毒でした。あの時は本当にびっくり致しました」

仲居のおとしは神妙な顔で言った。

「それでお聞きしたいんです。おとっつあんが殺された時カマイタチ、いや、忠左衛門さんはどうしていたのか」

お馬は聞いた。口調は伊織に言い聞かされて丁寧なものになっている。

「忠左衛門さんがカマイタチ……」

女将は驚いた目で聞き返してきた。

「実はな、忠左衛門という男、カマイタチではないかと疑われているのだ。そしてこの人の親父さんを殺したのだと言われているのだ。それで調べに来ているのだが……」

伊織が言った。

おとしは絶句して目を丸くしてお馬と伊織を見た。だがすぐに、

「どうして忠左衛門さんが親分さんを殺すことが出来るのでしょう。そんな筈はありませんよ」

おとしは言った。確信ありげな口調だった。

「どういう事だ」

「忠左衛門さんは、もうその頃にはこの宿にはおりませんでしたからね」

「何……」

伊織は、驚いてお馬と顔を見合わせた。

おとしの話によれば、河岸で岡っ引の鉄三が殺されたとわかったのは、七月十三日の夜も四ツ過ぎだった。

捕り物の役人が河岸で騒いでいるのを見て、奥井の仲居たちは事件を知ったの

だが、忠左衛門はその日の夕刻には奥井から去っていたというのである。

「船で行ったのか」

「いえ、町駕籠を呼んで欲しいとおっしゃって……」

なるほどそれなら鉄三は気づかなかったのかもしれぬと伊織は思った。

「それに、忠左衛門さんはどこか体がお悪いようでした。特に吉原にいるらしいという姪御さんが亡くなっていたと知った時には、食事もいらないとおっしゃって……ええ、目を腫《は》らして、とても辛いように見えました」

「女将はその話、奉行所の役人たちにはしなかったのか？」

「お役人は、ここに泊まっていたかどうかを確認しただけで、さっさとお帰りになりましたから」

「なんともずさんな……ところで、その姪っ子の話の他に、何か聞いたことはないか」

「そうですね、懐かしそうに塩浜の話をしていましたね」

「塩浜……どこの塩浜だ」

せっつくようにお馬が聞く。

「さあ、そこまでは……ただ、塩浜で働く奴らは貧乏だが人情に厚いんだ……そんなことをおっしゃって、お酒が入った時には歌を歌っていましたね」

「ほう……どんな歌だ」

「ちょっと待って下さい」

おとしはしばらく考えていたが、そういえばっと手を打ったのち、

「節は間違ってるかもしれないんですが……『塩は赤穂《あかほ》というけれど、行徳《ぎょうとく》の塩こそ日本一……』そんな風な歌だったと思います」

「伊織の旦那……」

お馬が興奮した目で伊織を見た。

「こんなこと、あたしが言うのもなんですが、あの忠左衛門さんが人を殺したりするとはとても……」

伊織とお馬は、そんなおとしの言葉を後に外に出た。

二人は鉄三が張り込んでいたと聞いた河岸に出た。

茶色くなった葦《あし》の冬枯れが、河岸のあちらこちらに点在していた。川から吹いてくる風は冷たく、迫り来る夕闇が足下に薄い影を投げかけていた。

「おとっつあん……」

お馬は愛《いと》おしそうにその場にしゃがむと、手を広げて大地の息づかいを聞いて

いた。

「お馬……」

引きあげようと伊織が促した時だった。

「伊織様」

長吉が源吉を従えて走って来た。

鉄三を検死した役人が誰であったのか源吉の力が及ばなかったために、長吉が昔のつてを頼って調べていたのである。

「わかったのか」

伊織は、二人を迎え見て言った。

「わかりました、鉄三とっつあんの検死をしたのは、与力の佐久間銀蔵《ぎんぞう》様でした」

「ふむ」

「それと、蜂谷の旦那におねげえして、その時の記録を見せて貰ったのですが、死因は匕首によるもので、カマイタチが下手人だと記してありやした」

「しかし、鉄三が十手を授かっていた同心の道村さんは、その検死に納得していたのか……」

「それですが、蜂谷様が道村様に聞いて下さったんですが、道村様はこう言ったそうです。カマイタチの事件は打ち止めだと……つまり、これ以上調べる必要はない、そう上から言われたと」

「まさか佐久間という与力が言ったのではあるまい？」

「佐久間様です」

長吉は険しい目で頷いた。

四

翌日の事である。

昨夜降った雪がうっすらと積もった小網町《こあみちょう》の船着き場から、伊織とお馬は行徳行きの船に乗り込んだ。

カマイタチの仁助の故郷は行徳ではないかと考えたのである。

「船が出るぞう！」

船頭が声を張り上げて、河岸で船を待っていた旅人やら商人に出立の声を送った。

その時である。源吉が走って来て飛び乗った。

「俺を忘れないで下さいよ」

「何言ってんだよ、また親父さんに叱られるんじゃないのか、あぶねえ真似はやめろって、家業を手伝えってさ」

お馬が小馬鹿にしたように言った。

「お馬ちゃん……」

「お馬じゃねえ、馬吉だ」

「何言ってるんだよ、お馬ちゃんはお馬ちゃんじゃねえか。強がりはよしなって」

「おとっつあんはねえ、生前あんたの親父さんにねじこまれたんだ、息子をそそのかすのは止めてくれって」

「そのことはもう言わないって約束だろ……俺だって親父さんの敵をとりたいんだ」

「いいよ、俺は伊織の旦那がいるから百人力だ、あんたはいらない、帰んな」

「おいおいお馬、源吉の気持ちも汲んでやれ。それに、向こうに行ったら手は多い方がいい」

伊織は中に入って二人の喧嘩を止めた。

「ふん……」

お馬は源吉に冷たい横顔を見せて座った。

その膝に、源吉は布の包みを置いた。

伊織が察するところ、携帯の懐炉《かいろ》のようだった。

お馬はしばらくそれに触れることもしなかったが、万年橋《まんねん》の下をくぐって小名木川に入ると、そっとその懐炉を掌に握った。それでも顔は背けたままだった。

両岸は春が近いとはいえうっすらと雪に覆われ、冷たい川風さえなければ絶景だった。

客船あり、塩の船あり、その他野菜や商いの品を積んでいる船ありと、小名木川はひっきりなしに船が行き交う。

なにしろ行徳から出る船だけでも一日に六十隻というのだから、それが往復することを考えれば、昼間の通行だけだとして結構な数の船の行き来である。

その船が分けて進む水の音がまた小気味よく、伊織は景色を眺めながら耳朶《じだ》にしっかりととらえていた。

五本松あたりだった。行徳からやって来た三隻の塩の船と行き違うが、その船の上で塩人足たちが歌う歌に、伊織もお馬も心を囚われる。

塩は赤穂というけれど　行徳の塩こそ日本一
日本一……日本一
この行徳で塩焼くは　二千年も前のこと
前のこと……前のこと
その色白く　白雪の　白雪の
味わいもまた　天下一との誉れあれ
誉れあれ……誉れあれ

あの舟宿奥井に泊まっていた忠左衛門が口ずさんだという塩の歌だった。

やがて一方の土手に、雪を分けて菜を摘む娘の姿が見えてきた。

その時だった。

お馬がぽつりと言った。

「俺も、おとっつあんと摘んだことがあるんだ」

「…………」

伊織はお馬の目に、これまで見たことのない優しい眼差しが込められているのを知って聞いてみた。

「何を摘んだのだ」

「蕗のとうだ」

「ほう……」

「俺が五つか六つのころだった。おっかさんもまだ家にいて……」

お馬はそこで口を噤《つぐ》んだが、その脳裏には、決して忘れない、宝物になってしまった光景が浮かんでいた。

そう……お馬は五つか六つだった。

綿入れの赤い着物に、同布の綿入れの袢纏《はんてん》を着て……むろん母が縫ってくれた着物と袢纏だったのだが、雪に濡れるなんてことを忘れて父親の鉄三と菜を探した。

二人は、家で待ってくれている母に自慢したくて必死で探した。

「あった！」

お馬は声を上げた。

「どれどれ」

鉄三が近寄って、お馬が両手でもぎ取った菜を見て言った。

「ほう、蕗のとうじゃないか」

「食べられる?」

「食べられるとも、おいしいぞ。おっかさんも喜ぶに違いない」

鉄三は、にこにこして言ったが、ふと、お馬の手を見て、

「真っ赤になってるじゃないか」

お馬の手にある蕗のとうをしゃがんだ膝に乗せると、お馬の手を自分の両手に包んで、熱い息をふきかけふきかけ、もんでくれたのである。

「おとっつあん……」

幼いお馬にも、父の愛情がひしひしと伝わってきた。父の膝にのっている蕗のとうを見て、それを手にして喜んで、愛情いっぱいの料理をしてくれる母親の姿も思い浮かべて、自分は幸せ者だとお馬は思った。

――でも……。

あの時が、自分たち親子が一番幸せな時だったんだと思うと、

――ちきしょう、泣けてきやがる。

お馬は、頬にかかった波しぶきを拭うふりをしてそっと涙をぬぐった。

その様子を伊織が見逃す筈がない。黙ってお馬の横顔を見守っていた。

伊織たちが行徳の塩浜に立ったのは昼頃だった。

浜の小屋から立ち上る白く長い煙を見た時、伊織もお馬も源吉も立ち止まってその行方を思わず見上げた。

海岸から向こうの山の手には、まだ眠りの覚めぬ野や山が連なっていて、ゆったりと立ち上る白い煙は、その野や山に何か語りかけているようにも見え、御府内では見られぬ叙情を醸し出していた。

印象深い光景だった。一度見れば忘れられない、心のどこかに懐かしさを呼び起こしてくれる風情である。

「伊織の旦那、間違いないですね」

お馬が白い煙を眺めたまま、小さいが興奮した声で言った。

「うむ……」

伊織は頷く。

カマイタチはここで育った、ここが故郷に違いないという確かな手応えを、伊織は塩浜に立った時から考えていた。

三人は塩浜に入って行く。

塩職人や人足たちの大半は、小屋の入り口や浜に積んだ塩俵の側などで、思い思いの弁当をつかっていた。

浜では女二人が大きな茶釜で茶を煮ているのか、火加減を見ながら大口をあけてしゃべっていた。

「もし、聞きたいことがあるんだが」

源吉が話しかけると、

「なんだい、嫁にでも欲しいって言うのかい」

色の黒い太った中年女が言い、源吉を冷やかすような笑みを送った。

「人を捜しているんだ。仁助という人だ、この浜の近くに住んでいる筈なんだが……」

「仁助……」

二人は顔を見合わせて怪訝な表情をちらと見せたが、

「奥目の、眉の毛の長い……六十前後の爺さんだ」

お馬の言葉に、手を打って言った。

「ああ、地蔵榎《えのき》の木の爺さんじゃねえのか」

「でも空き家だべ、あそこは」

もう一人の女が言った。

「いいや、帰ってるらしいぜ、あの爺さん」

後ろから声がした。袢纏にふんどし姿の人足が茶碗を持って近づいて来た。

「茶をくれ」

男は女に茶碗を渡すと、

「あそこに榎の木が見えるだろ、でっけえ……といっても今は葉っぱも落ちて見分けにくいが、あの榎の木の側に家があるだ。そこが爺さんの家だ。もう半年にはなるだべ、帰ってきたのを見た人がいるからまちげえねえ、覗いてみな」

男は言い、女に汲んで貰った茶を一口飲むと、

「俺の聞いた話では、あの爺さんは若い頃にここの仕事が嫌になったかなんだかで御府内に出てったらしいんだな、だが、とどのつまりは尾羽打ち枯らして故郷に舞い戻ったって話だ。そんなに世の中うまくいかねえって事だ」

すると女が気の毒そうな顔で言った。

「ええ、ですけどね、村人にとっては仁助さんはお助け地蔵さんのような人だったって言う人もいますよ。年のいった人たちですが……」

塩浜を出てまもなく、仁助の家まで案内してくれるという女は、雪解けした場所に気を配りながら歩を進め、塩浜の男からは聞かなかった仁助の一面を言った。

女はまだ三十そこそこ、山裾に蓄えてある薪を取りに行くのだと言い、地蔵榎の木は通り道だから後について歩いて来るようにと先に立ってくれたのである。

「すると仁助爺さんは、何か村に施しでもしたのか」

「ええ、亡くなったおっかさんの話では、村が不作で食べ物がなくってさ、このままじゃあ塩だけ舐めて暮らすしかないなんて事があったらしいんですけど、その時ね、仁助さんは御府内から米を船で運んで来て村人に配ったっていうんだから。あたいなんかは知らない話さ……そんなことがあったのにさ、長い間村を離れていたもんだから、誰もそれが仁助爺さんの事とは気づかずさ、で、爺さんも家に閉じこもりって訳さね」

「身寄りはいないのか」

伊織は、女の逞《たくま》しい足下を追っかけながら聞いてみた。

「いねえ……なんでも若い時に別れたおかみさんと娘さんがいたそうだけど、おかみさんは死んだと聞いてるし、娘さんはどうなったのかね。せめて娘さんでもいれば、元気も出るだろうけどさ」

女は一人しゃべりして榎の木の下まで案内すると、

「じゃ、あたしはここで……」

右手の細い道の向こうに見える小屋のような古い一軒家を指さして、自分は左手の道に向かった。

「名うての盗賊も落ちぶれたもんですね」

源吉が言った。

「しかし、爺さん、いるのですかね」

お馬が呟く。

そう思うのも無理はなかった。昨夜降った雪が、うっすらと家の周りを覆っているのだが、どこにも人の踏んだ形跡がなかった。

ぽつんと佇《たたず》んでいる家を、弱い陽の光が包んでいるように見えた。

伊織たちはゆっくりと歩み寄った。

おとないを入れたが返事はなく、中に踏み込んだが、そこで三人は立ちつくした。

囲炉裏の火も消えかけた板の間に、薄い布団をかけて眠っている老人がいた。

布団は薄いばかりか薄汚れていて、ところどころに綿がはみ出している。

男の頬は痩せて土気色《つちけいろ》だった。差し込む弱い光が、男の窪《くぼ》んだ目と白髪交じりの長い眉毛に降り注いでいる。間違いなくカマイタチの風貌《ふうぼう》だった。

「し、死んでるんじゃありませんか」

源吉が及び腰で言った。

「いや、生きてる」

伊織は微かな息をとらえて、眠っている老人に呼びかけた。

「カマイタチの仁助だな」

すると、老人は驚いたように目を開けた。

ゆっくりと首を回すと、虚ろな目で三人をじっと見詰め、

「誰だ……賞金稼ぎに捕まえに来たんだろうが、残念だな、おれはこの通りだ。ここからもう動けねえよ」

しわがれた声で言った。咽喉《のど》をやっと押し開くような弱々しい声だった。起き上がろうともしなかった。

三人は板の間に上がり、男の側に座った。素早く水屋を見渡すが、菜っ葉一切れも見あたらない。竈《かまど》も使った形跡はなかった。

枕元に冷えた芋がゆが置いてあったが、手をつけてはいなかった。

「病んでいるのか……どこが悪いんだ」

お馬が聞いた。だが仁助はそれには答えず、

「もう、立てねえ……カマイタチもおしめえだ」

小さな声で言った。

「冗談じゃねえや、おしまいにされたんじゃたまらねえ。俺はあんたに聞きたいことがあって来たんだ」

お馬が仁助の耳元に大きな声で言った。

「あんたは……」

「岡っ引鉄三の娘だ」

「て、鉄三さんの……」

「あんたが殺したのかい、おとっつあんを」

ずばりと聞いた。

「お、俺じゃねえ」

仁助ははっきりと首を振った。血のなかった頰に、俄に興奮した血の色が走り抜けた。

「お、俺は、鉄三とっつあんが殺されたというのは後で聞いたんだ」

するとお馬が即座に言った。

「とっつあんなんて気安く呼んでもらいたくないね」

仁助はかすかに微笑んでみせた。そして言った。

「かんべんしてくれ……俺はいつもあの男を近くに感じていた。いずれこの男の手にかかってお縄になるってな……だが、いざとなるとどうだ、俺はとっさに逃げちまった……あとであの男が殺されたと知って俺は……俺は供養のひとつもしてやりてえと……」

仁助は、苦しい息を整えると、ゆっくりこみ上げてくるものを吐き出すように言った。

「しかし、もうこうなってはなすすべもねえ……だからよ、だから俺は、俺はここで最期を迎えたかったんだ……」

だがすぐに仁助は弱々しい表情を見せると、

「娘に会いてえ……会って詫びてえんだ」

ほろりと乾いた頬に涙を落とした。

どこを病んでいるのかわからないが、仁助が重い病にかかっているのは明白だった。ただ、これが奉行所の目をかいくぐって盗みを働いてきた男かと見紛《みまご》うほどのたよりなさである。

カマイタチに会ったら、返答次第では許しておかねえと息巻いていたお馬も、気持ちを削がれてしまったようだ。

「お馬さん、情《なさけ》は無用だ。なんとかしてひったてやしょう」

源吉が言った。

「馬鹿野郎、こんなに病んでる爺さんを、どうやって連れていくんだ」

お馬は言下に否定した。そして伊織に、

「旦那、先に帰っていてくれませんか。爺さんに飯つくって食わしてやります。それから帰ります」

思いがけない事を口走った。

「お馬……」

驚いて見た伊織に、

「俺はこの爺さんの話を信じるよ。親父はこの人に殺されたんじゃなかったんだ、それがわかっただけでもありがてえ。ですから旦那……」

片手頼みでお馬は言った。

五

「偉そうなことを言っても女だな、病んでいる盗賊の看病をしたいなどと……」

弦之助は、煮売り屋の椅子に腰を据えるなり伊織に言った。

「亡くなった鉄三のことを思い出したのかもしれぬな」

「おまえが甘いからだ。源吉まで居残って看病するとは、なんのために行徳まで行ったんだ……お陰でこっちは」

弦之助は言い、手に息を吹きかけた。

行徳の塩の浜に伊織たちが行ったのは三日前であった。

お馬ばかりか源吉までが残ると言い出して、伊織は一人で御府内に戻って来たのだが、鉄三殺しの調べは弦之助の手を借りても少しも手がかりは得られていない。

今日も朝からこの今戸周辺を二人で当たっていたのだが、冷たい風と空腹に負けて、河岸にある居酒屋に入ったのである。

「体が冷えては仕事は出来ぬぞ」

小女《こおんな》が酒を運んで来て、弦之助が二人の盃に酒を満たした時だった。

隣の台を囲んでいる荷揚げ人足たちの会話が、突然耳に入ってきた。

「だから、また見たんだって……あいつはどこかの内儀の用心棒だぜ」

「間違いねえ、なんとかいう岡っ引を殺した奴だな」

伊織と弦之助は、ぎょっと見合って耳を澄ませた。

「そうだ、あいつだ。あの晩に血のついた袖を洗っていたのはよ」

「あぶねえあぶねえ、俺たちが見ていたなんてわかってみろ。今度はこっちの命があぶねえよ」

二人は顔を寄せ合って身震いした。だが、

「おい、今の話は本当か」

声をかけられて、あっと驚いた。二人を挟むようにして侍二人が立って見下ろしているではないか。

「ご、ご勘弁を……」

「何にも見てはおりやせん」

二人は頭を両手で押さえて縮こまったが、

「安心しろ、お前たちをどうこうしようというのではない。今の話を聞かせてくれ。けっして人には漏らさぬし、悪いようにはしないぞ」

伊織は、すばやく懐から小粒を出して、男の掌に握らせた。

男二人は困惑顔で顔を見合わせたが、辺りを見回した後、

「だ、旦那……」

「去年の夏のことでございやすよ……」

側に座った伊織と弦之助に顔を近づけてきた。

「あっしたちは年中今戸の河岸で働いているんですが、あの晩は瓦屋の松田屋《まつだや》さんが奢って下さいやしてね、そこの『まつば』っていう店で呑むだけ呑んで遅くなりやして……」

二人は酔った足取りで月夜の道に出た。

だがまもなく尿意を催して河岸の草むらに並んで用を足した。

その時である。おそろしげな声がして、二人は地べたに腰を落とし、這《は》いずるようにして、声のした方に向かった。

すると、視線の先の枯れた草むら近くに男が倒れていて、その側の水たまりで、浪人が刀と着物の袖を洗っていたのである。

「あう……あう……」

二人は腰を抜かし、互いの口を両手で押さえ、息を殺した。

すると、もう一人男が走って来た。こちらはちんぴらのようだったが、倒れている男にちらと視線を投げると、

「馬鹿な野郎だぜ」

せせら笑って刀を洗っている浪人に近づくと、

「旦那、お見事でございやす。さぞかしお手当はたっぷり頂けるんでございやしようね」

そう言ったのである。

――こ、殺しだ……。

二人は震えながら、浪人とちんぴらが帰って行くのをじっと待っていたのである。

男二人は代わる代わるそこまで話すと、

「そ、その男が、船宿の『喜乃《きの》や』って店の前で、時々見かけるんでございやすよ。どうやら送ってきた頭巾の女を待っているようなんで……」

怯えた目で伊織を見た。

「船宿の喜乃や……」

「山谷橋の袂にある船宿です……あの船宿は、とかく噂がある船宿です」

もう一人の男が言った。

「逢《あ》い引きの宿……そういう訳だな」

弦之助が聞く。

二人はこくりと頷いた。

「すると何か、お前たちがさっき言っていたどこかの内儀というのがその女なのか？」

「へい、男の方にはこ、ここに傷がありやすからすぐにわかりやすよ」

男は顔を強ばらせて、自分の額を指で叩いた。

「で、いつ見たのだ、今日見たのか……」

弦之助が聞く。

「へい、まだあの辺りにいるんじゃねえかと思いやすが」

男は神妙な顔で言った。

「おい、伊織、いたか……あいつらいい加減な話をしたんじゃあるまいな」

弦之助が近づいて来て言った。

二人は荷揚げ人足から聞いた船宿喜乃やの暖簾が見える位置に立っている。

辺りは船宿や料理屋などが建ち並び、吉原に繰り出す者たちはむろんのことだが、猿若町《さるわかちょう》で芝居を楽しんだ者たちも立ち寄って食事をしたりと、裕福そうな者たちが行き来する。

かの有名な会席料理八百善もこの近くだが、船宿喜乃やは山谷堀《さんやぼり》通りから少し奥まったところにあった。

伊織も辺りをひとまわりしてきたところだが、荷揚げ人足から聞いたような浪人の姿は見あたらなかったのである。

「ここで張り込むしかあるまい」

伊織が言った。

浪人がどこかのお店の内儀の供で来ているのなら、必ず迎えに喜乃やに戻って来る筈だ。

万が一見当が外れたとしても、いつかは喜乃やに現れる筈だと伊織は思った。

「それにしても冷えるな、暦《こよみ》はもうすぐ春だぞ。昼飯も食いっぱぐれて……おい、一杯やるか……交代で見張ればいいだろう」

弦之助はぶつぶつ言って、山谷橋の袂で店を出している飲み屋を顎で指した。

藁葺《わらぶ》きの粗末な屋根だが、暖かそうな白い煙が上がっている。

「俺は後でいい」

「そうか、すまんな」

喜色一変、弦之助が山谷橋に足を向けた。だがその時、

「伊織様……土屋の旦那」

長吉の声がした。

振り返ると、長吉が同心と近づいて来た。同心は色が白く役者のようになまっちょろい感じのする男だった。

「いいところでお前は……」

弦之助が渋い顔をしてみせた。

「与力の佐久間様を追ってここまで来たんですよ」

と長吉は言う。

「与力の佐久間……」

「へい、鉄三とっつあんを検視した佐久間様です。喜乃やに入って行ったんですが……」

「何……」

「蜂谷の旦那が張りついてみろ、何か出てくるかもしれん。とかく噂のある人だと教えてくれましたので」

長吉はそう言ったのち、

「ご紹介しやす。こちらが道村様、鉄三とっつあんが手札を頂いていた旦那です」

「道村です」

役者風の男は頭を下げた。

「道村様も鉄三殺しの下手人はこの手で挙げたい、そうおっしゃって……」

長吉が言う。

弦之助は舌打ちして伊織と見合った。そしてその目を道村に戻すと、

「ようやく腰を上げるふんぎりがついたというわけか……もっと早くにその勇気を持っていたらいくらでも手がかりは転がっていたというのに」

弦之助が、荷揚げ人足から聞いた話をすると、道村は唇を噛んで言った。

「私の責任です。佐久間様に釘を刺されて身動き出来なかったのです。何かあるのではないかと薄々感じながら何も出来ませんでした。お馬に詰め寄られて私は身の置き所がなかった。蜂谷様に誰のための同心かと厳しく言われまして目が覚

めました。それで長吉とここにやって来たのです」

「道村さん、ひとつ聞きたいが、鉄三はあの時カマイタチの他に誰を追っていたか聞いているのか」

伊織は視線を喜乃やに置いたまま聞いた。

「いや、それがわかっていれば……」

「下っ引の源吉という者の話から考えられるのは、鉄三はずっと浪人につけ狙われていたことになる、そうとしか考えられぬ」

「私の知らない事件を追っていたのかもしれません、私のふがいなさを鉄三は補っていて」

「しっ」

伊織は道村の声を制して腰を落とした。

山谷橋を、楊枝《ようじ》をくわえた浪人が、ゆっくりと渡って来たのである。浪人は喜乃やの角まで来ると、近くにあった空き樽に腰を据えた。

「あいつだな……」

弦之助がみんなに囁いた。

すると、

「佐久間様……」

遠方から出て来た人影を見て、道村が驚きの声を上げたのである。

頭巾を被っているが、道村にはわかったようだ。

浪人が立ち上がった。お供をしている内儀が出てきたのかと思ったが、そうではなく、浪人は佐久間の前にふらりと立ったのだ。

一言二言、二人は言葉を交わしたようだが、佐久間が懐から財布を出して、浪人が差し出した掌に置いた。

ふっと浪人は笑った。臆することのない態度だった。

浪人は去って行く佐久間の後ろを見送ると、喜乃やの中に入って行った。

「どういう事だ……人殺し野郎の親分が、佐久間ということか……」

弦之助が言った。

六

「すると伊織様、その浪人を供にして喜乃やで密会を重ねている女は、諏訪町の葉茶問屋伏見屋《ふしみや》の内儀だとおっしゃるのですね」

吉蔵は盃を膳に戻すと、険しい顔で聞いた。

台所ではお藤が手伝いの婆さんを急かしながら夜食を作っている。味噌汁のいい匂いが伊織の腹を刺激してきたが、伊織は生唾を呑み込んで、いったん船宿喜乃やに入った浪人が、三十半ばの女と出て来、供をして店に帰って行くのを見届けてきたのだと告げた。

その店というのが、吉蔵の言う葉茶問屋、伏見屋である。

「おじさま、それが本当なら、おみわさんて、なんて酷い人なんでしょうね、あんなに綺麗な顔をして、信じられない」

お藤が、銚子を持って部屋に入って来た。

「知っているのか、伏見屋を……」

「ええ、うちのお記録も良く買ってくれてます、ねえ、おじさま」

「まったく、世の中はうまくいかないものでございますね」

吉蔵はため息をつくと、

「ご亭主の益二郎《ますじろう》さんは先年より病で療養しておりまして、昨年の秋にようやく床を上げたばかりだと聞いております。お内儀の不義を知ったらどうなることやら……」

「伊織様、お相手は、与力の佐久間という方に間違いないのですね」

「いや、まだそこまでは……鉄三を殺した男は浪人の八代《やしろ》という者だと見当はついていて、その八代が佐久間と関係しているところまでは突き止めたのだが……」

伊織は、お藤が注いでくれた酒を呑み干した。腹にしみた。考えてみれば、ずっと何も口にしていなかった。

寒さも手伝って体は冷え切っている。

ちらと弦之助の顔が浮かんだ。

弦之助は一刻前、伊織が買った餅菓子を頬張りながら、伏見屋の内儀おみわを送り届けた浪人が帰って行く先を確かめるために尾けて行ったのだ。

——弦之助には悪いが……。

伊織が空になった盃に酒を注ごうとしたその時、

「いててて、旦那、放して下せえって、何もかも話しますって」

店の方で大声がした。

「お前が助かる道はひとつだ。わかっているな」

怒鳴る弦之助の声もする。

「弦之助……」

伊織は吉蔵と顔を見合わせると、急いで店に出た。

弦之助が三和土にちんぴらの男を座らせて、刀の下《さ》げ緒《お》で後ろ手にした男の腕を縛り上げているところであった。

「伊織、こいつだ。あの八代とかいう浪人が鉄三を殺した現場にいたちんぴらというのがこの男だ。八代のいそぎんちゃくで、賭場を寝床にしている誠次《せいじ》って野郎だが、八代と賭場の外で別れたところをとっつかまえて来た。これで奴も逃れられまい」

弦之助は得意そうに腰に手をやり誠次を見下ろした。

伊織は三和土に下りた。そしてちんぴらの側に腰を落とすと、

「誠次、八代は誰に鉄三殺しを頼まれたのだ……」

「………」

誠次は、怯えて亀が首を竦《すく》めるようにして、上目遣いで伊織を見たが、

「黙っていてはわからぬぞ」

弦之助に頭をごつんと叩かれて縮み上がり、

「へい、へい。よ、与力の旦那ですよ」

震える声で言った。

「与力の佐久間だな」

「へい」

「何故殺させた……」

「へ、へい……そりゃあ、目の上のこぶだとおっしゃって……」

「伏見屋の内儀と密通していたのを鉄三に咎められた……違うか」

「へ、へい。あの時はあっしも近くで聞いていたのですが、鉄三とっつあんは、佐久間の旦那にこう言ったのでございやす。偶然あっしは旦那が喜乃やに通っているのを見てしまいやした。人の目にとまれば不義は死罪でございやす。あっしは誰にも話しはしやせん。今のうちに危ない遊びはもうおやめになって下さいやしと……」

「なんと……それで鉄三を殺したのか。与力が岡っ引を殺すなど、許せぬ」

伊織は怒りの目で立ち上がった。

「ちくしょう、おとっつあんを殺したのは与力だって」

ふいに店の戸が開いたと思ったら、お馬が源吉と飛び込んできた。

つかつかと誠次に歩み寄ると、その胸ぐらをつかんではり倒した。

「お馬ちゃん」

源吉がお馬の腕を慌てて取るが、

「うるせえ！」

その手を、腕を振り回して払いのけ、

「その野郎のところに連れて行くんだ。立て！」

誠次の胸ぐらをつかんで立たせようとした。

「お馬、待て」

伊織がその手をつかむ。

「慌てるな、あとは現場を押さえるだけだ」

「旦那……」

お馬は、きっと伊織を見た。


伏見屋の内儀おみわが山谷堀に向かったのは、弦之助が誠次を捕まえてきてから五日目だった。

伏見屋を張っていた伊織は、源吉を奉行所に走らせて、お馬と共におみわが外出するのを待ち続けた。

おみわは芝居見物にでも行くように、浪人八代を従えて山谷堀に向かっていく。

息を殺して緊張して追尾するお馬の懐には、同心道村が臨時に授けた十手がおさまっている。

その十手は、亡き父鉄三が授かっていた物だった。

源吉の話によれば、行徳でお馬は五日間もカマイタチ仁助の看病をし、最期も見とっている。

その時源吉の目には、お馬の姿が父を看病する孝行娘のように映ったというから、お馬の父への思慕は知れようというものである。

「伊織の旦那……」

お馬は、おみわが喜乃やの暖簾をくぐるのを見て伊織に振り向いた。

八代はおみわが喜乃やに入るのを見届けると、ふらりふらりと山谷橋の方へ向かった。

「いいんですか、旦那」

「俺が行く、お前はここでしばらく待て、まもなく佐久間を尾けて弦之助たちが来る。現場を押さえるのが先決だからな」

伊織はお馬に言い含めると、急ぎ足で八代を追った。

山谷橋とは、石神井《しやくじい》用水、根岸川《ねぎしがわ》の末流で山谷堀と呼ばれているところに架かっている橋である。

長さ七間幅二間、橋の下は天気の良い日には、吉原通いの猪牙舟が行き来しているが、今日はあいにくの雲がたれ込めたような天気であった。

橋の上も人通りが絶えていて、八代は両袖に手を差し入れて、ゆったりと渡っていく。

伊織も鯉口《こいぐち》を切って後に続いた。

と、橋の中程で、八代がくるりとこちらを向いた。

「八代だな、岡っ引鉄三殺し、覚えがあろう」

「ふっ」

八代は口辺に冷たい笑みを浮かべると、突然鬼のような顔に変わって刀を抜き放ちながら走って来た。

伊織も走った。

二人は次の瞬間刀を交えて走り抜けた。

伊織は一度受け止めた刀を撥《は》ね、撥ねた刀で相手の手首に刃を見舞った。

伊織の腕には確かな衝撃があった。

「…………」

踏みとどまった伊織は、自身の袖が切れているのを見た。

きっと振り返ると、二間ほど先に刀をつかんだ八代の腕が転がっていた。

「うっ……」

八代は血のしたたる腕を押さえて後退る。

その背後に、北町の捕り方たちが走って来た。あっという間に八代は縄をかけられた。

「伊織……」

弦之助が喜乃やの店の方から走って来て、後ろを振り返り顎をしゃくった。

喜乃やから縄をかけられた佐久間が出て来たところだった。

その縄をつかんでいるのはお馬である。

道村はむろんのことだが蜂谷の姿も、そして名は知らぬが他の与力の姿も見える。

「勇敢だったぞお馬は……頭突きはあるし、足蹴りはあるしで、あれで女かね」

弦之助が笑った。やんちゃな妹でも見るような目をしている。

「早く歩きな！」

お馬の声が聞こえた。意外に落ち着いた声だった。

伊織は久しぶりに惰眠《だみん》をむさぼっていた。

破天荒なお馬が持ち込んだ見届けは、与力の捕縛で決着した。むろん奉行所の調べはこれからだが、佐久間が罪から逃れられる事は百にひとつもない。

なにしろ佐久間は、長吉の調べで、名のある廻船《かいせん》問屋がご禁制の品を流しているのを黙認し、多額の金品を得ていたという事だから、罪はおみわとの不義ばかりではない。

叩けばまだまだ埃が出てくると言い、吉蔵は墨を磨《す》って手ぐすね引いて待っているが、伊織の心にはまだ心配があった。

言うまでもなくお馬のことである。

年頃の娘が男の形《なり》をし、十手を懐にしたいなどと、聞いたこともないし、長く続く筈もない。

――折をみて……。

そこまで考えて、またうとうとし始めたところに、玄関の戸の開く音が聞こえた。

誰かなと思ったが、おとないもない。

——お馬か……。

飛び起きて戸を開けると、上がり框にしょんぼり座る源吉の背中を見た。

「源吉……どうしたのだ」

「だ、旦那、お願いがあって参りやした」

「何だ、深刻な顔をして」

「お、俺の気持ちをお馬ちゃんに伝えて頂けませんでしょうか」

源吉は、土間に手をついた。

「おい、お前の気持ちはわからぬではないが、そんな事は自分で言うものだ」

「旦那……」

「情けない奴だな、まさかこの先、お馬は親父さんのあとを継いで岡っ引になるという訳でもあるまい」

「へい、それは、道村の旦那もお許し下さいませんので」

「ならば好都合ではないか。お前も入歯師として親父のあとを継がねばなるまい」

「へい、ですが旦那。今朝も誘ってみたんですよ、たまには芝居でもどうかって。そしたら今日は駄目だって、出かけるところがあるんだって……こんな雪の日にですよ、いったいどこに出かけるのかと聞いたんですが、言えないって……」

「雪が降っているのか」

「へい、もう止んでいますけど積もっていますよ」

伊織は下駄をつっかけて外に出た。

眩《まぶ》しいばかりの雪が長屋の路地も屋根も覆っている。雪は水分を含んでいた。春を迎える雪である。

――そうか、お馬は蕗のとうを採りにいったのだ……。

伊織は遠くの水辺に、無心に蕗のとうを探すお馬を見た。

「旦那……」

後ろで泣きそうな源吉の声がする。

「そっとしておいてやれ、源吉……」

お馬をそっと見守ってやれ……と伊織は思った。

伊織の脳裏には、幼いお馬が無心に菜を摘み、父に自慢している姿がはっきりと映っていた。

コスミック・時代文庫

霧《きり》の路《みち》

見届け人秋月伊織事件帖【四】

2025年4月25日　初版発行

【著 者】
藤原《ふじわら》緋《ひ》沙《さ》子《こ》

【発行者】
松岡太朗

【発 行】
株式会社コスミック出版
〒154-0002 東京都世田谷区下馬 6-15-4
代表　TEL.03(5432)7081
営業　TEL.03(5432)7084
　　　FAX.03(5432)7088
編集　TEL.03(5432)7086
　　　FAX.03(5432)7090

【ホームページ】
https://www.cosmicpub.com/

【振替口座】
00110-8-611382

【印刷／製本】
中央精版印刷株式会社

ISBN978-4-7747-6639-3 C0193

COSMIC
時代文庫

藤原緋沙子の名作シリーズ！

傑作長編時代小説

握られた小さな手に残る
父のぬくもり――

暖鳥
見届け人秋月伊織事件帖【三】

遠花火
見届け人秋月伊織事件帖【一】

春疾風
見届け人秋月伊織事件帖【二】

絶賛発売中！

お問い合わせはコスミック出版販売部へ！
TEL 03(5432)7084
https://www.cosmicpub.com/